新韓檢
初級必備單字1500

TOPIK I 필수어휘 1500

世宗韓語文化苑TOPIK研究會
崔皓熲、高俊江、朴權熙、柳多靜

머리말

대만 내 한국어 학습자와 한국어능력시험 응시자가 증가하면서 2017년부터 대만에서도 한국어능력시험이 한 해에 두 차례 열리고 있습니다. 한국을 알고자 하는 대만 인들이 많아지고 있다는 점에서 한국어 교사로서 고무적인 일이기는 하나 더욱 책임 있는 연구와 준비가 있어야 함을 느끼게 하기도 합니다. 그래서 세종한국어문화원에서는 토픽연구회를 조직하여 관련 교학 및 교재 연구에 착수했고, 저희 필진들은 이 과정에 참여하여 각자의 교학 경험과 연구 내용을 더 많은 학습자들과 나눌 수 있어야 한다는 인식으로 본 책 출간을 계획하게 되었습니다.

책 출간 계획은 연구회의 연구 내용에 맞춰 어휘, 문법, 읽기 기출 문제 등 3개 시리즈로 나누어 진행되었습니다. 영역별로 어휘 영역인《新韓檢初級必備單字1500 新版》에서는 초급 단계에서 꼭 알아야 할1,500여 개를 선별해 예문을 함께 두었으며, 문법 영역인《新韓檢初級必備文法 新版》에서는 초급 단계에서 꼭 알아야 할 94개 문법을 정리했고, 읽기 영역인《新韓檢初級閱讀必學16大題型》에서는 기출 문제를 분석해 총 16개의 기출 유형으로 실전 문제집으로 엮었습니다.

특히 본《新韓檢初級必備單字1500 新版》에서는 전체 1559개의 초급 어휘를 선별해 가나다순으로 정리했으며 마지막 부분에 중문 색인을 두어 한중, 중한 사전의 방식으로도 사용할 수 있도록 구성했습니다. 내용을 보면, 각 단어에 대한 예문은 초급에 나오는 문법들을 다양하게 사용해 초급 읽기 연습에도 도움이 될 수 있도록 했습니다. 또한 각 어휘의 어원을 알 수 있도록 한자어나 외래어 원어를 첨가했고, 각 어휘의 품사로 표기해 둠으로써 단어 운용법을 예문과 함께 익힐 수 있게 구성하는 등, 학습자들에게 필요한 것들을 최대한 담아내고자 했습니다.

본 책은 1년 이상의 연구 토론과 현장 경험을 최대한 반영한 결과물입니다. 그럼에도 여전히 부족한 점이 있으리라 생각하며, 이는 지속적인 연구를 통해 보완해 나갈 것입니다. 부족하나마 이 책이 한국어 학습자들에게 시험을 준비하며 기초를 닦는 데 도움이 되기를 간절히 바랍니다.

끝으로 이 책이 나오기까지 관심을 기울여 주신 이은정(李垠政) 원장님께 감사를 드리며, 고운 목소리로 녹음에 참여해 주신 길가원(吉佳媛) 선생님, 처음부터 끝까지 꼼꼼하게 정리를 도와 주신 瑞蘭출판사의 편집부 여러분들, 그리고 격려와 기대로써 지지를 아끼지 않으신 王愿琦 사장님께 감사의 마음을 전합니다.

2023.7.3

저자 일동

作者序

在臺灣，隨著韓語學習者的增加，以及參加韓國語文能力測驗的人數大幅成長，從2017年開始，臺灣每年舉辦兩次韓國語文能力測驗。越來越多臺灣人想了解韓國，這對韓語教師來說是一件鼓舞的事情，而另一方面，也讓我們深刻感受到應該對研究與教學更負責任的態度。因此世宗韓語文化苑成立「TOPIK研究會」，著手研究相關教學與製作教材，筆者們在參與編著此書的過程中，認為應該把各自所累積的教學經驗與研究內容，與更多的韓語學習者一起分享。基於這樣的共識，因此有了出版本書之計畫。

根據研究會的研究，將考試內容分成詞彙・文法・閱讀考古題三個方向進行。依照類別，詞彙部分在本書《新韓檢初級必備單字1500 新版》中篩選出1500餘個必考單字，同時佐以例句說明；文法部分在《新韓檢初級必備文法 新版》一書中整理出初級階段就必須要了解的94個文法；閱讀部分在《新韓檢初級閱讀必學16大題型》一書中，主要以分析考古題，並分類成16種既有題型，且加以編寫成實戰練習書。

尤其本書《新韓檢初級必備單字1500 新版》之架構，是將精選的1559個初級詞彙，按韓語字母「가나다」的順序整理，全書最後還附上中文索引，好讓讀者能夠以韓中或中韓字典的方式查閱單字。至於本書單字所設計的例句，多使用初級韓檢中常出現的文法，不僅可以學習單字，還

能藉此加強閱讀實力；此外還針對來源為漢字語或外來語的單字，標示出來源字，讓讀者能更清楚地理解單字的意義；每個單字更加註其詞性，清楚呈現單字在例句中如何被運用等，盡全力滿足學習者之需求。

本書是經過一年以上的研究、討論與實際教學經驗之後所集結的成果。然而，想必仍會有不足之處，今後必會持續研究並加以改善。即使尚有不足之處，仍懇切地希望對韓語學習者在準備考試與基礎的建立上能有所幫助。

最後，感謝直到本書出版前一直給予關心的李垠政院長、以美麗的聲音來協助錄音的吉佳媛老師，還有將本書內容從頭到尾細心整理的瑞蘭出版社編輯部各成員們，以及不吝以勉勵與期待表達支持的王愿琦社長，在此亦表達感謝之意。

2023年7月3日

作者全體

如何使用本書

音檔序號

作者群與專業韓籍名師共同錄製，符合初級朗讀速度，搭配音檔學習記憶，加深印象！

依14個子音分類排序

全書1500個單字，均依照韓語14個子音分類排序，好清楚、好查詢！

記憶方塊

特別設計「記憶方塊」，方便在自修、複習背誦時做記號，絕對是學習的好幫手！

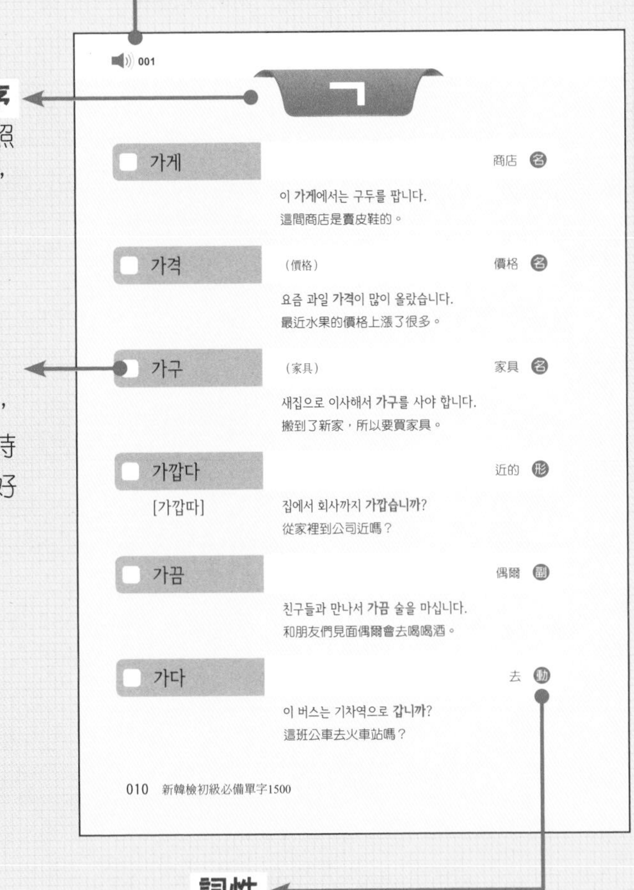

001
ㄱ
가게
商店 名
이 가게에서는 구두를 팝니다.
這間商店是賣皮鞋的。
가격
(價格)
價格 名
요즘 과일 가격이 많이 올랐습니다.
最近水果的價格上漲了很多。
가구
(家具)
家具 名
새집으로 이사해서 가구를 사야 합니다.
搬到了新家，所以要買家具。
가깝다
[가깝따]
近的 形
집에서 회사까지 가깝습니까?
從家裡到公司近嗎？
가끔
偶爾 副
친구들과 만나서 가끔 술을 마십니다.
和朋友們見面偶爾會去喝喝酒。
가다
去 動
이 버스는 기차역으로 갑니까?
這班公車去火車站嗎？
010 新韓檢初級必備單字1500

詞性

每個單字均標示出該單字的詞性，清楚對照呈現單字在例句中的運用方式，徹底學習每個單字，相關知識一網打盡！

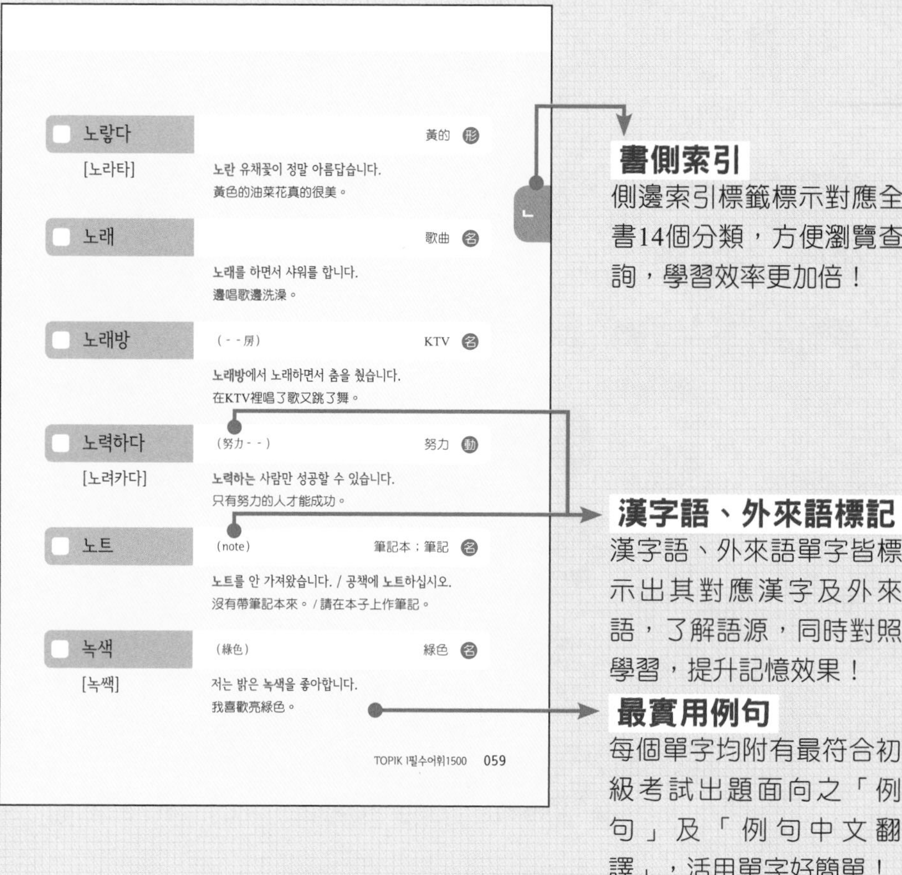

노랗다 [노라타] 黃的 形
노란 유채꽃이 정말 아름답습니다.
黃色的油菜花真的很美。

노래 歌曲 名
노래를 하면서 샤워를 합니다.
邊唱歌邊洗澡。

노래방 (- - 房) KTV 名
노래방에서 노래하면서 춤을 췄습니다.
在KTV裡唱了歌又跳了舞。

노력하다 [노려카다] (努力 - -) 努力 動
노력하는 사람만 성공할 수 있습니다.
只有努力的人才能成功。

노트 (note) 筆記本；筆記 名
노트를 안 가져왔습니다. / 공책에 노트하십시오.
沒有帶筆記本來。/ 請在本子上作筆記。

녹색 [녹쌕] (綠色) 綠色 名
저는 밝은 녹색을 좋아합니다.
我喜歡亮綠色。

TOPIK 1필수어휘1500 059

書側索引

側邊索引標籤標示對應全書14個分類，方便瀏覽查詢，學習效率更加倍！

漢字語、外來語標記

漢字語、外來語單字皆標示出其對應漢字及外來語，了解語源，同時對照學習，提升記憶效果！

最實用例句

每個單字均附有最符合初級考試出題面向之「例句」及「例句中文翻譯」，活用單字好簡單！

日常生活 일상생활................P203
日期 날짜................P052
日語 일본어................P203
~月 달................P068
~月 월................P191
月亮 달................P067
月租 월세................P191
月曆 달력................P068
月薪 월급................P191
木槿 무궁화................P098
比賽 경기................P022
比賽 대회................P072
比賽場所 경기장................P022
毛巾 수건................P142
毛衣 스웨터................P146
水 물................P100
水果 과일................P030
水餃 만두................P087
牛肉 소고기................P139

五劃

世界 세계................P137
世界盃 월드컵................P191
主人 주인................P226
主要 주로................P224
主修、專攻 전공................P216
付（錢）내다................P055
以前、古時候 옛날................P179
兄弟、兄弟姊妹 형제................P269
充分、好好地 푹................P259
冬天 겨울................P021
出（事）、發生 나다................P050
出口 출구................P241
出去 나가다................P050
出生 태어나다................P251
出來 나오다................P051

附錄：必備單字中文索引

將本書收錄之單字，按照中文筆劃順序排序，字典式的統整方式，查找、對照韓文單字好便利！

目 錄

本書略語一覽表

名	名詞
動	動詞
副	副詞
數	數詞
形	形容詞
冠	冠形詞
代	代名詞
感	感嘆詞
接	接尾詞

如何掃描 QR Code 下載音檔

1. 以手機內建的相機或是掃描 QR Code 的 App 掃描封面的 QR Code。
2. 點選「雲端硬碟」的連結之後，進入音檔清單畫面，接著點選畫面右上角的「三個點」。
3. 點選「新增至『已加星號』專區」一欄，星星即會變成黃色或黑色，代表加入成功。
4. 開啟電腦，打開您的「雲端硬碟」網頁，點選左側欄位的「已加星號」。
5. 選擇該音檔資料夾，點滑鼠右鍵，選擇「下載」，即可將音檔存入電腦。

ㄱ

가게

商店 名

이 **가게**에서는 구두를 팝니다.
這間商店是賣皮鞋的。

가격

(價格)

價格 名

요즘 과일 **가격**이 많이 올랐습니다.
最近水果的價格上漲了很多。

가구

(家具)

家具 名

새집으로 이사해서 **가구**를 사야 합니다.
搬到了新家，所以要買家具。

가깝다

[가깝따]

近的 形

집에서 회사까지 **가깝습니까**?
從家裡到公司近嗎？

가끔

偶爾 副

친구들과 만나서 **가끔** 술을 마십니다.
和朋友們見面偶爾會去喝喝酒。

가다

去 動

이 버스는 기차역으로 **갑니까**?
這班公車去火車站嗎？

ㄱ

가르치다
教 動

이것 좀 저한테 **가르쳐** 주십시오.
請教教我這個。

가방
包包 名

가방을 좀 들어 주세요.
請幫我拿一下包包。

가볍다
[가볍따]
輕的 形

저는 몸무게가 **가벼운** 편입니다.
我算是體重較輕的人。

가수
(歌手) 歌手 名

저 사람은 한국에서 유명한 **가수**입니다.
那個人在韓國是有名的歌手。

가슴
胸 名

가슴이 답답합니다.
胸口很悶。

가요
(歌謠) 流行歌曲 名

한국 **가요** 부르는 것을 좋아합니다.
我喜歡唱韓國流行歌曲。

가운데

中間 名

이 접시를 식탁 **가운데**에 놓아 주십시오.

請把這個碟子放在餐桌中間。

가위

剪刀 名

가위로 좀 잘라 주십시오.

請用剪刀剪。

가을

秋天 名

한국의 **가을**은 시원하고 건조합니다.

韓國的秋天既涼爽又乾燥。

가장

最 副

한국 음식 중에서 비빔밥을 **가장** 좋아합니다.

在韓國的食物中，我最喜歡拌飯。

가져가다

（將東西）帶去、帶走 動

도서관에서 누가 제 가방을 **가져갔어요**!

圖書館裡有人拿走了我的包包！

가져오다

（將東西）帶來 動

내일 파티 때 음식을 좀 **가져오세요**.

明天派對時，請把食物帶來。

ㄱ

☐ 가족

(家族) 家人 名

가족이 보고 싶습니다.

好想念家人。

☐ 가지

～種 名

여러 **가지** 운동 중에서 뭐를 가장 좋아하세요?

在各種運動中您最喜歡什麼運動？

☐ 가지다

持有、擁有 動

저는 자전거를 두 대 **가지고** 있습니다.

我有兩臺腳踏車。

☐ 각

(各) 各個 冠

각 손님에게 기념품을 하나씩 주었습니다.

給了每位客人一份紀念品。

☐ 간단하다

(簡單 - -) 簡單的 形

시험에 **간단한** 문제만 나왔습니다.

考試只出現了簡單的問題。

☐ 간단히

(簡單 -) 簡單地 副

이걸 좀 **간단히** 설명해 주시겠습니까?

可以簡單地說明一下這個嗎？

간식

（間食） 零食 名

간식을 자주 먹어서 뚱뚱해졌습니다.

常常吃零食，所以變胖了。

간장

（-醬） 醬油 名

국이 싱거우니까 **간장**을 조금 더 넣으십시오.

湯太清淡了，請再加一點醬油。

간호사

（看護師） 護士 名

간호사한테서 상처를 치료 받았습니다.

從護士那邊接受了傷口治療。

갈비

排骨、肋排 名

소**갈비**를 굽는 냄새가 참 좋습니다.

烤牛肋排的味道真香。

갈비탕

（--湯） 排骨湯 名

어머니께서 **갈비탕**을 끓여 놓으셨습니다.

母親煮了排骨湯。

갈색

[갈쌕]

（褐色） 咖啡色、棕色 名

저는 진한 **갈색** 구두를 좋아합니다.

我喜歡深棕色的皮鞋。

갈아타다

轉乘、換車 動

[가라타다]

다음 역에서 **갈아타면** 됩니다.
在下一站轉車就可以了。

감

柿子 名

감을 말리면 곶감이 됩니다.
柿子風乾就會變成柿餅。

감기

(感氣) 感冒 名

감기에 걸려서 열이 납니다.
感冒了，所以有點發燒。

감다

（用水）洗頭髮、洗身體 動

[감따]

머리는 하루에 한 번만 **감는** 게 좋습니다.
頭髮一天只要洗一次就好。

감동

(感動) 感動 名

이 소설은 많은 사람들에게 **감동**을 주었습니다.
這本小說讓很多人感動。

감사하다

(感謝 - -) 謝謝、感謝 動

도와주셔서 **감사합니다**.
謝謝您的幫忙。

☐ **감자**

馬鈴薯 名

감자를 튀겨서 **감자**튀김을 만들었습니다.
炸馬鈴薯來做了薯條。

☐ **갑자기**

突然 副

[갑짜기]

그 말이 **갑자기** 생각나지 않습니다.
突然想不起來那句話。

☐ **값**

價格 名

[갑]

이 신발은 **값**이 비싸지 않습니다.
這雙鞋價格並不貴。

☐ **강**

(江) 江 名

이 도시 중앙으로 **강**이 흐릅니다.
江從這個都市的中央流過。

☐ **강아지**

小狗 名

우리 집 **강아지**는 자주 짖습니다.
我們家的小狗常常吠叫。

☐ **갖다**

(「가지다」的縮寫)擁有、持有 動

[갇따]

혹시 제 핸드폰 **갖고** 있어요?
請問你拿著我的手機嗎?

ㄱ

같다

[갇따]

相同的、同樣的 形

저도 **같은** 음료수로 주십시오.
也請給我同樣的飲料。

같이

[가치]

一起 副

한국 사람들은 친구와 **같이** 식사하는 것을 좋아합니다.
韓國人喜歡和朋友一起吃飯。

개

(個) ～個 名

아침에 빵을 다섯 **개**나 먹어서 지금도 배불러요.
早上整整吃了五個麵包，所以現在還很飽。

개

狗 名

할아버지께서 **개** 한 마리를 키우십니다.
爺爺有養一隻狗。

개나리

連翹 名

개나리는 밝은 노란색입니다.
連翹是鮮黃色的。

개월

(個月) ～個月 名

십 **개월** 동안 한국에서 살아서 한국어를 조금 할 수 있습니다.
在韓國生活了十個月，所以會說一點韓語。

개인

（個人） 個人、私人 名

저는 회사에서 **개인** 사무실이 있습니다.

我在公司有個人辦公室。

거

（「것」的口語體）～東西、～事物 名

제 취미는 그림 그리는 **거**예요.

我的興趣是畫畫。

거기

那裡 代

준수 씨, **거기**에서 여기까지 얼마나 걸립니까?

俊秀先生，從你那裡到這裡要花多久時間呢？

거리

（距離） 距離 名

저희 집에서 회사까지 **거리**가 가깝습니다.

我們家到公司的距離很近。

거실

（居室） 客廳 名

거실에 손님들이 앉아 있습니다.

客人們坐在客廳裡。

거울

鏡子 名

거울을 보면서 화장을 합니다.

照鏡子化妝。

ㄱ

□ 거의

幾乎 副

[거이]

거의 다 먹었으니까 조금만 기다려 주세요!

幾乎都吃完了，請再等一下！

□ 거짓말

謊話 名

[거진말]

거짓말을 하는 사람은 믿을 수 없습니다.

無法相信說謊的人。

□ 걱정하다

擔心 動

[걱쩡하다]

괜찮으니까 **걱정하지** 마십시오.

沒事的，請別擔心。

□ 건강하다

（健康 - - ） 健康的 形

부모님께서는 **건강하시지요**?

您的父母身體健康吧？

□ 건너가다

越過、越過去 動

신호등이 바뀌기 전에 빨리 **건너가세요**!

紅綠燈（燈號）變之前，請盡快穿越過去！

□ 건너다

穿越、越過 動

여기에서 길을 **건너도** 됩니까?

可以從這裡穿越馬路嗎？

건너편

對面 名

약국이 바로 **건너편**에 있습니다.

藥局就在正對面。

건물

(建物) 建築物 名

우리 회사 옆에 **건물**을 새로 짓고 있습니다.

我們公司旁邊正在新蓋一棟建築物。

걷다

[걷따]

走路 動

다리를 다쳐서 지금은 **걸을** 수 없습니다.

腳受傷了，所以現在無法走路。

걸다

掛 動

벽에 그림을 좀 **걸어** 줄래요?

牆壁上可以幫我掛幅圖畫嗎？

걸리다

掛 動

제 방 벽에는 그림이 **걸려** 있습니다.

我房間的牆壁上掛著一幅圖畫。

걸어오다

[거러오다]

走過來 動

돈을 아끼려고 항상 집에 **걸어와요**.

為了省錢，總是走路回來家裡。

ㄱ

걸어가다

走過去 動

[거러가다]

버스에서 내려서 5분 정도 쭉 **걸어가면** 돼요.

下公車後，再直走5分鐘左右即可。

검은색

(－－色)

黑色 名

[거믄색]

저는 **검은색** 같은 어두운 색을 싫어합니다.

我討厭和黑色一樣暗的顏色。

것

～東西、～事物 名

[걷]

한국 음식 중에 좋아하는 **것**이 있습니까?

韓國食物中有喜歡吃的東西嗎？

게임

(game)

遊戲 名

시간이 있을 때 집에서 **게임**을 합니다.

有空的時候，會在家玩遊戲。

겨울

冬天 名

열대 기후 지역에서는 **겨울**에도 춥지 않습니다.

在熱帶氣候的地區，即使是冬天也不會冷。

결과

(結果)

結果 名

시험 **결과**가 나왔습니까?

考試結果出來了嗎？

결정하다
[결쩡하다]

(決定 - -) 決定 動

이번 겨울에 한국에 여행 가기로 **결정했습니다**.
決定今年冬天時，要去韓國旅行了。

결혼식

(結婚式) 婚禮 名

친구 **결혼식**에 가서 축하해 줬습니다.
去了朋友的婚禮，並給予了祝福。

결혼하다

(結婚 - -) 結婚 動

내년에 **결혼하려고** 합니다.
打算明年要結婚。

경기

(競技) 比賽 名

야구 **경기**에서 대만 팀이 이겼습니다.
棒球比賽中，臺灣隊贏了。

경기장

(競技場) 比賽場所 名

경기장에 관중들이 많이 왔습니다.
比賽場上來了很多觀眾。

경복궁
[경복꿍]

(景福宮) 景福宮 名

경복궁은 서울의 관광 명소입니다.
景福宮是首爾的觀光勝地。

ㄱ

경주

(慶州) 慶州 名

경주는 역사가 오래된 도시입니다.
慶州是個歷史悠久的都市。

경찰

(警察) 警察 名

경찰이 범인을 잡았습니다.
警察抓到了犯人。

경찰관

(警察官) 警官 名

제 동생은 **경찰관**이 되고 싶어합니다.
我的弟弟想要成為警官。

경찰서

[경찰써]

(警察署) 警察局 名

범인이 **경찰서**에 잡혀 있습니다.
犯人被抓到警察局。

경치

(景致) 風景 名

제주도는 **경치**가 아름답습니다.
濟州島風景很漂亮。

경험

(經驗) 經驗 名

경험을 많이 쌓고 싶습니다.
想要累積很多經驗。

계단
(階段) 樓梯、階梯 名

저쪽 **계단**을 올라가시면 제 사무실이 있습니다.
那邊的樓梯上去有我的辦公室。

계란
(鷄卵) 雞蛋 名

계란을 좀 삶아 주십시오.
請幫我煮蛋。

계산하다
(計算 - -) 結帳、計算 動

여기 좀 **계산해** 주십시오!
請幫我結一下這裡的帳！

계속
(繼續) 持續、一直 副

여행하는 동안 배가 **계속** 아팠어요.
旅行期間肚子一直在痛。

계시다
【敬語】在 動

사장님께서 지금 사무실에 안 **계십니다**.
老闆現在不在辦公室裡。

계절
(季節) 季節 名

계절이 바뀔 때마다 감기에 걸립니다.
每次換季的時候就會感冒。

ㄱ

계획

(計劃 / 計畫) 計劃 名

계획을 먼저 세우고 시작합시다.

先立定計劃，再開始吧。

고기

肉 名

영희 씨는 채식주의자라서 **고기**를 먹지 않습니다.

英姬小姐是素食主義者，所以不吃肉。

고등학교

[고등학꾜]

(高等學校) 高中 名

고등학교 때 열심히 공부했습니다.

高中時期有很認真地念書。

고등학생

[고등학쌩]

(高等學生) 高中生 名

고등학생들은 공부 때문에 보통 잠을 많이 못 잡니다.

高中生們因為念書的關係，所以通常睡眠不足。

고르다

挑選 動

제가 먹을 음식 좀 **골라** 주시겠어요?

可以幫我挑選我吃的食物嗎？

고맙다

[고맙따]

感謝的 形

고맙지만 사양하겠습니다.

謝謝，但是不用了（我拒絕）。

고모

（姑母） 姑姑 名

아버지의 여동생이나 누나를 **고모**라고 합니다.
父親的妹妹或姊姊叫做姑姑。

고모부

（姑母夫） 姑丈 名

고모부는 고모의 남편이십니다.
姑丈是姑姑的老公。

고속버스

（高速bus） 高速巴士 名

고속버스가 늦게 출발했습니다.
高速巴士晚出發了。

고양이

貓咪 名

최근에는 한국에서도 **고양이**를 키우는 사람이 많습니다.
最近韓國飼養貓的人也很多。

고장

（故障） 故障 名

컴퓨터가 **고장**이 나서 일을 못합니다.
因為電腦故障，所以無法工作。

고추

辣椒 名

이 **고추**는 생각보다 맵지 않습니다.
這辣椒沒有想像中的辣。

ㄱ

고추장

(- - 醬) 辣椒醬 名

고추장에는 소금도 들어갑니다.

辣椒醬裡也有放鹽。

고치다

修理 動

이 컴퓨터 아직 **고칠** 수 있지요?

這部電腦還可以修吧？

고프다

餓的 形

열 시간 동안 아무것도 못 먹어서 배가 너무 **고픕니다**.

連續十個小時都沒有吃東西，所以肚子很餓。

고향

(故鄉) 故鄉 名

추석에 **고향**에 내려갈 겁니까?

中秋節要回去故鄉（下鄉）嗎？

곧

立刻、馬上 副

조금만 기다리면 **곧** 도착할 겁니다.

再等一下，馬上就要到了。

골목

巷子、胡同 名

저기 **골목**으로 들어가십시오.

請從那裡巷子進去。

골프 (golf) 高爾夫球 名

골프를 쳐 본 적이 있습니까?
有打過高爾夫球嗎？

곱다 漂亮的 形

[곱따]

한국 여자들은 피부가 **고운** 편이에요!
韓國女生皮膚算是很漂亮的！

곳 地方 名

[곧]

여행 가서 여러 **곳**을 구경했습니다.
去旅行參觀了好幾個地方。

공 球 名

이곳에서는 **공**을 가지고 놀면 안 됩니다.
這個地方不能帶球來玩。

공간 (空間) 空間 名

학생이 너무 많아서 **공간**이 좁습니다.
學生太多了，所以空間有點窄。

공기 (空氣) 空氣 名

자동차 때문에 **공기**가 나빠졌습니다.
因為汽車的關係，空氣變糟了。

☐ 공무원

(公務員) 公務人員 名

공무원이 되는 것이 제 꿈입니다.

成為公務人員是我的夢想。

☐ 공부

(工夫) 學習、念書 動

시험이 있어서 매일 도서관에 가서 **공부해요**.

有考試，所以每天去圖書館念書。

☐ 공연

(公演) 表演 名

저녁 때 같이 **공연**을 보러 갑시다.

晚上一起去看表演吧。

☐ 공원

(公園) 公園 名

공원마다 운동 기구가 있습니다.

每個公園都有運動器材。

☐ 공중전화

(公衆電話) 公用電話 名

이 근처에 **공중전화**가 있습니까?

這附近有公用電話嗎？

☐ 공짜

(空 -) 免費 名

그 전시회에 가면 기념품을 **공짜**로 받을 수 있습니다.

去那個展覽，就可以免費獲得紀念品。

□ 공책

(空冊) 筆記本 名

공책을 사러 문방구에 갑니다.

去文具店買筆記本。

□ 공항

(空港) 機場 名

공항에 친구를 마중 나갔습니다.

去機場接朋友了。

□ 공휴일

(公休日) 國定假日 名

공휴일에도 회사에 나가서 일했습니다.

即使是國定假日也去了公司上班。

□ 과

(課) 課 名

내일부터 다음 **과**를 시작할 겁니다.

明天起會開始進行下一課。

□ 과거

(過去) 過去 名

과거에 비해서 물건 가격이 비싸졌습니다.

和過去相比，物品價格變貴了。

□ 과일

水果 名

과일을 많이 먹으면 건강에 좋습니다.

多吃水果對健康有益。

ㄱ

과자

(菓子) 餅乾 名

과자를 많이 먹어서 살이 쪘습니다.

餅乾吃多了，所以變胖了。

과학

(科學) 科學 名

과학은 제가 제일 좋아하는 과목이에요.

科學是我最喜歡的科目。

관계

(關係) 關係 名

친구와 싸운 후부터 **관계**가 안 좋아졌습니다.

和朋友吵架之後，關係變得不好了。

관광하다

(觀光 - -) 觀光 動

대만에 **관광하러** 오는 한국 사람들이 많아졌습니다.

來臺灣觀光的韓國人變多了。

관심

(關心) 關心；興趣 名

내 동생은 공부보다 운동에 **관심**이 더 많습니다.

我的弟弟 / 妹妹比起念書，對運動更有興趣。

광고

(廣告) 廣告 名

이 **광고**는 우리 회사에서 만든 것입니다.

這個廣告是我們公司製作的。

괜찮다 [괜찬타] 可行的、可以的 形

주말에 날씨가 **괜찮을** 테니까 우리 자전거 타러 가요!
週末天氣應該會不錯，我們去騎腳踏車吧！

교과서 (教科書) 教科書、課本 名

교과서 좀 빌려주십시오.
請借我課本。

교수 (教授) 教授 名

교수가 된 지 십 년 됐습니다.
成為教授已經十年了。

교실 (教室) 教室 名

교실에서는 음식을 먹으면 안 됩니다.
教室裡不可以吃東西。

교통 (交通) 交通 名

여기는 **교통**이 복잡하니까 걸어가십시오.
這裡交通很亂，請走路去吧。

교통사고 (交通事故) 交通事故 名

이 도로에서는 **교통사고**가 자주 납니다.
這條道路常常發生交通事故。

ㄱ

교회

(教會) 教會 名

일요일마다 **교회**에 갑니다.

每個星期日都去教會。

구

(九) 九 數

구하고 아홉하고 같은 말이에요.

구（九）和아홉（九）是一樣的意思。
（韓文中的漢字語「구」和純韓語「아홉」，都是「九」的意思）

구경하다

逛、參觀、觀看 動

야시장을 **구경해** 본 적이 없어요?

沒逛過夜市嗎？

구두

皮鞋 名

새 **구두**를 샀으면 좋겠습니다.

有買新皮鞋的話就好了。

구름

雲 名

구름이 많이 끼어서 어두워졌습니다.

（天空）籠罩著許多雲，所以變暗了。

구십

(九十) 九十 數

구십과 아흔은 같은 말입니다.

구십（九十）和아흔（九十）是一樣的意思。
（韓文中的漢字語「구십」和純韓語「아흔」，都是「九十」的意思）

구월

(九月) 九月 名

구월에도 팔월만큼 덥습니다.

九月也如八月一樣炎熱。

구하다

(求--) 尋找、尋求 動

직장을 **구하면서** 결혼을 준비하고 있습니다.

一邊找工作，一邊準備結婚。

국

湯 名

저는 아침에 보통 밥과 **국**을 먹습니다.

我通常早餐會吃飯、喝湯。

국내

[궁내]

(國內) 國內 名

이번 여름에는 **국내**에서 여행을 할 거예요.

這個夏天要在國內旅遊。

국립

[궁닙]

(國立) 國立 名

여기가 **국립**대학교 중에서 제일 우수합니다.

這裡是國立大學中最優秀的。

국수

[국쑤]

麵 名

한국 사람들은 **국수**보다 밥을 좋아하는 편입니다.

韓國人比起麵算是更喜歡飯。

ㄱ

국어

[구거]

(國語) 國語 名

국어 수업을 싫어하게 됐습니다.

變得討厭上國語課了。

국적

[국쩍]

(國籍) 國籍 名

국적도 바꿀 수 있습니까?

國籍也可以換嗎？

국제

[국쩨]

(國際) 國際 名

국제전화로 한국에 있는 친구에게 전화했습니다.

打了國際電話給在韓國的朋友。

군인

[구닌]

(軍人) 軍人 名

저는 장래에 용감한 **군인**이 되고 싶습니다.

我將來想成為勇敢的軍人。

굽다

[굽따]

烤 動

저는 **굽거나** 튀긴 음식을 좋아합니다.

我喜歡烤的或炸的食物。

권

(卷) ～本 名

커피를 마시면서 잡지를 한 **권** 봤어요.

邊喝咖啡，邊看了一本雜誌。

□ 귀

耳朵 名

나이가 들면 **귀**가 잘 안 들리게 됩니다.
年紀大了，耳朵就變得聽不太清楚。

□ 귀엽다

[귀엽따]

可愛的 形

저 아이는 아주 **귀엽고** 예뻐요.
那個小孩非常可愛又漂亮。

□ 규칙

（規則） 規則 名

저는 **규칙**을 잘 지키는 사람입니다.
我是很遵守規則的人。

□ 귤

（橘） 橘子 名

귤은 시어서 별로 안 좋아합니다.
橘子酸，所以不太喜歡。

□ 그

那～ 冠 代

지금 가지고 있는 **그** 핸드폰은 얼마예요?
現在拿的那支手機多少錢？

□ 그거

那個 代

그거 좀 사용해도 돼요?
那個可以用嗎？

☐ 그것

那個 代

[그걷]

그것에 비해서 제 것은 더 쌉니다.

和那個比起來，我這個更便宜。

☐ 그곳

那裡、那個地方 代

[그곧]

그곳이 이곳보다 조금 더 넓습니다.

那裡比這裡稍微更寬敞一點。

☐ 그날

那天 名

우리 **그날** 만나기로 합시다.

我們就決定在那天碰面吧。

☐ 그냥

就、沒有理由 副

전 그 사람이 **그냥** 좋아요.

我就是喜歡那個人。

☐ 그동안

這段期間 名

그동안 뭐 하면서 지냈어요?

這段期間是怎麼生活的呢？

☐ 그때

那個時候 名

그때보다 지금이 더 행복해요.

比起那個時候，現在更幸福。

□ 그래

好！ 感

그래! 그렇게 하는 게 좋겠다!

好的！那樣做很好！

□ 그래서

因此 副

한 사람밖에 안 왔어요. **그래서** 시작을 못 했어요.

只有一個人來。所以無法開始。

□ 그램

（gram） 公克 名

땀을 많이 흘렸는데 육백 **그램**밖에 안 빠졌어요.

留了那麼多汗，卻只少了六百公克。

□ 그러나

但、然而 副

그 학교 학비가 비싸기는 합니다. **그러나** 잘 가르칩니다.

這所學校的學費貴是貴。但是教得很好。

□ 그러니까

所以 副

밖이 추워요. **그러니까** 두꺼운 옷을 가져 가세요.

外面很冷。所以請帶厚衣服去。

□ 그러면

若是這樣、那麼 副

그 사람 좋아하지요? **그러면** 빨리 고백하세요!

喜歡那個人吧？那麼就請趕快告白吧！

그런

那樣的 冠

그런 말을 왜 했어요!

為什麼說了那樣的話！

그런데

但是、然而 副

잘생겼기는 해요. **그런데** 성격이 나빠요!

長得帥是帥。但是個性很壞！

그럼

（「그러면」的縮寫）若是這樣、那麼 副

결정했어요? **그럼** 우리 바로 시작합시다!

決定了嗎？那麼我們就直接開始吧！

그렇다

[그러타]

如此的 形

아, **그렇습니까**? 알겠습니다.

啊，是這樣嗎？知道了。

그렇지만

[그러치만]

儘管如此 副

도와 드리고 싶습니다. **그렇지만** 제가 시간이 없습니다.

想幫忙。儘管如此，我沒有時間。

그릇

[그릇]

碗盤 名

그릇이 깨져서 새것을 하나 사야 됩니다.

碗破了，所以需要買一個新的。

그리고

還有、而且 副

휴일에 좀 쉬고 싶어요. **그리고** 친구도 만나고 싶어요.

假日想要休息。而且也想和朋友見面。

그리다

畫（畫） 動

만화를 **그리는** 게 제일 재미있어요.

畫漫畫最有趣。

그림

圖畫 名

제가 우리 반 학생 중에서 **그림**을 제일 잘 그립니다.

我在我們班上畫圖畫得最好。

그만

不要再 副

이제 **그만** 먹을까 합니다.

在想現在是不是應該不要再吃了。

그분

那位 代

그분한테 전화드리는 게 좋겠습니다.

致電給那個人比較好。

그저께

前天 名

그저께부터 오늘까지 이틀 동안 일만 했어요.

從前天到今天為止這二天期間，就只做了工作。

ㄱ

그쪽

那邊 代

지금 **그쪽**으로 가고 있으니까 조금만 기다리십시오.
現在正往那邊過去了，請再等一下。

그치다

停止 動

비가 **그친** 지 벌써 오래됐습니다.
雨已經停了很久了。

극장

(劇場) 劇場；電影院 名

[극짱]

우리 **극장**에 영화 보러 같이 가요.
我們一起去電影院看電影吧。

근처

(近處) 附近 名

우리 집 **근처**에는 편의점이 없습니다.
我們家附近沒有便利商店。

글

文章 名

한국어로 **글**을 잘 쓸 수 없습니다.
無法用韓語把文章寫得很好。

글쎄요

不曉得呢、不知道耶 感

글쎄요. 저도 잘 모르겠어요.
不知道耶，我也不太清楚。

☐ 금방

(今方) 很快 副

우리 애는 말을 **금방** 배운 편이에요.
我家孩子學說話算是學得很快。

☐ 금연

[그면]

(禁煙) 禁菸 名

지금은 음식점마다 **금연**입니다.
現在每間餐廳都禁菸。

☐ 금요일

[그묘일]

(金曜日) 星期五 名

저는 **금요일** 저녁밖에 시간이 없습니다.
我只有星期五晚上有空。

☐ 급하다

[그파다]

(急 - -) 急的 形

우리 언니는 성격이 **급한** 편입니다.
我姊姊算是個急性子的人。

☐ 기간

(期間) 期間 名

쉬는 **기간** 동안 운동을 많이 하고 싶습니다.
休息期間想要做很多運動。

☐ 기다리다

等待 動

오래 **기다리실까** 봐 뛰어왔습니다!
擔心您等很久，所以就跑了過來！

☐ 기르다
飼養、培育、養育 動

집에서 강아지를 한 마리 **기릅니다**.

家裡養了一隻小狗。

☐ 기름
油 名

음식에 **기름**을 많이 안 넣는 것이 좋겠습니다.

在食物中不要放太多油比較好。

☐ 기분
(氣分) 心情 名

친구하고 얘기한 후에 **기분**이 좋아졌습니다.

和朋友聊過天後，心情變好了。

☐ 기뻐하다
感到高興 動

선물을 받고 **기뻐하지** 않는 사람은 없습니다.

沒有收到禮物會不高興的人。

☐ 기쁘다
高興的 形

돈이 많아서 **기쁘기는요**! 오히려 걱정이에요!

哪裡會因為很有錢而高興！反而很煩惱呢！

☐ 기사
(技士) 司機 

버스**기사** 아저씨에게 우리가 내릴 곳을 물었습니다.

向公車司機先生詢問了我們要下車的地方。

기사 (記事) 新聞報導、報導文章 名

이 **기사**는 참 잘 썼군요!
這篇報導寫得真好！

기숙사 (寄宿舍) 宿舍 名
[기숙싸]

기숙사에 사니까 참 편리합니다.
住在宿舍真的很方便。

기억하다 (記憶 - -) 記得 動
[기어카다]

저 사람 이름은 **기억하기** 쉽지 않습니다.
那個人的名字不好記。

기온 (氣溫) 氣溫 名

기온이 낮고 습해서 너무 춥습니다.
氣溫又低又濕，實在太冷了。

기자 (記者) 記者 名

기자가 인터뷰를 하러 왔습니다.
記者來採訪。

기차 (汽車) 火車 名

기차로 가는 것보다 버스가 더 빠릅니다.
比起坐火車去，公車更快。

기침

咳嗽 名

기침을 많이 하니까 아이스크림을 먹지 않는 게 좋겠습니다.

咳嗽咳得那麼厲害，不要吃冰淇淋比較好。

기타

(guitar) 吉他 名

기타를 배우러 학원에 다니고 있습니다.

正在補習班學吉他。

긴장되다

(緊張 - -) 緊張 動

시험 전인데 많이 **긴장되세요**?

就要考試了，會很緊張嗎？

길

路 名

길 좀 물어 봐도 될까요?

可以問一下路嗎？

길다

長的 形

저 남자는 머리가 **길어서** 여자 같습니다.

那個男生的頭髮很長，好像女生。

김밥

海苔飯捲 名

김밥 만드는 것이 어렵습니까?

做海苔飯捲很難嗎？

김치

辛奇（韓國泡菜） 名

김치가 매울까 봐 고춧가루를 조금만 넣었습니다.
怕泡菜會辣，所以辣椒粉只放了一點點。

김치찌개

辛奇鍋（韓國泡菜鍋） 名

김치찌개가 뜨거우니까 조심하십시오.
泡菜鍋很燙，請小心。

김포공항

（金浦空港） 金浦機場 名

김포공항은 이전에 국제공항이었습니다.
金浦機場以前是國際機場。

까만색

黑色 名

저는 **까만색** 옷만 입습니다.
我只穿黑色的衣服。

까맣다

[까마타]

黑的 形

저는 서핑을 자주 해서 피부가 **까맣습니다**.
我常去衝浪，所以皮膚很黑。

깎다

[깍따]

削 動

저는 과일을 잘 못 **깎습니다**.
我不太會削水果。

ㄱ

깜짝
吃驚；眨眼 副

갑자기 개가 나타나서 **깜짝** 놀랐습니다.
狗突然跑出來，嚇了一跳。

깨끗하다
乾淨的 形

[깨끄타다]

깨끗하니까 안 씻어도 돼요!
很乾淨，所以不洗也可以！

깨다
打破 動

실수로 컵을 **깼어요**!
不小心把杯子打破了！

깨지다
打破 動

떨어져서 컵이 **깨졌어요**.
杯子掉下來破掉了。

꺼내다
拿出 動

지갑에서 신분증을 **꺼냈습니다**.
從皮夾拿出了身分證。

껌
(gum) 口香糖 名

지하철에서 **껌**을 씹으면 안 됩니다.
在地鐵站裡不可以嚼口香糖。

꼭

一定 副

아침에 일을 시작하기 전에 커피를 **꼭** 마셔야 돼요.
早上開始工作之前，一定要喝咖啡。

꽃

[꼳]

花 名

봄에 **꽃**이 피기 전에 돌아올게요!
春天花開之前會回來的！

꽃집

[꼳찝]

花店 名

꽃집에서는 여러 가지 선물도 팝니다.
花店裡也有賣各式各樣的禮品。

꾸다

做（夢） 動

꿈만 **꾸**지 말고 시작하십시오!
不要只是作夢，請開始做吧！

꿈

夢；夢想 名

제 **꿈**은 축구 선수가 되는 것입니다.
我的夢想是成為足球選手。

끄다

關（電器） 動

일을 끝낸 후에 컴퓨터 **끄**는 것을 잊지 마십시오.
工作結束後，請不要忘記關電腦。

ㄱ

끓이다

用水煮、煮沸 動

[끄리다]

제가 커피를 탈 테니까 물을 좀 **끓여** 주세요.

我要泡咖啡，所以請幫我煮水。

끝

結尾、末端 名

[끋]

그 영화를 **끝**까지 보고 싶습니다.

這部電影想一直看到結尾。

끝나다

（事情）結束 動

[끈나다]

몇 시에 일이 **끝나요**?

工作幾點會結束？

끝내다

（將事情）完成 動

[끈내다]

내일까지 이 일을 **끝낼** 수 있어요?

明天之前可以把這件事情做完嗎？

끼다

起（霧） 動

이곳은 안개가 자주 **끼어서** 교통이 위험합니다.

這裡常常起霧，所以交通很危險。

끼다

戴（眼鏡、戒指） 動

저는 어렸을 때부터 안경을 **끼었습니다**.

我從小時候開始戴眼鏡。

ㄴ

나

【半語】我 代

이따가 **나**한테 전화해 줘!

等一下打電話給我！

나가다

出去 動

내일은 조금 일찍 **나갈까** 합니다.

想說明天要不要早一點出去。

나누다

分、分享 動

이웃과 여러 가지 사는 이야기를 **나눕니다**.

和鄰居分享各種生活故事。

나다

出（事）、發生 動

교통사고가 **나서** 길이 많이 막힙니다.

因為發生交通事故，所以路上很塞。

나라

國家 名

이곳은 잘사는 **나라**입니다.

這個地方是很富裕的國家。

나무

樹 名

요즘은 **나무**로 직접 가구를 만드는 사람이 많습니다.

最近很多人用樹木親自製作家具。

나빠지다

變壞、惡化 動

스마트폰 때문에 시력이 **나빠졌습니다**.

因為智慧型手機而視力變差了。

ㄴ

나쁘다

壞的、不好的 形

다른 사람들하고 사이가 **나쁩니다**.

和別人的關係不好。

나오다

出來 動

불이 나면 건물에서 바로 **나와야** 됩니다.

失火的話，一定要立刻從建築物裡出來。

나이

年齡、年紀 名

나이를 많이 먹었지만 아직도 운동을 잘합니다.

雖然年紀很大了，但還是很擅長運動。

나중

之後、再晚一點的時間點 名

그 문제는 **나중**에 다시 얘기합시다.

這個問題之後再聊吧。

나타나다

出現 動

저 자동차가 갑자기 **나타나서** 피할 수 없었습니다.

那輛汽車突然出現，所以無法避開。

나흘

四天 名

월요일부터 목요일까지 **나흘**만 출근하면 됩니다.
從星期一到星期四只要上四天班就可以了。

낚시

[낙씨]

釣魚 名

주말에는 **낚시**를 하는 게 취미입니다.
週末時釣魚是我的興趣。

날

日子 名

비가 오는 **날**에는 밖에 나가기 싫습니다.
下雨天不想出門。

날씨

天氣 名

날씨가 추우니까 두꺼운 옷을 입는 게 좋겠습니다.
天氣冷，穿厚一點的衣服比較好。

날짜

日期 名

시험 **날짜**를 잊을까 봐 달력에 써 두었습니다.
怕忘了考試日期，所以寫在月曆上了。

남기다

（將東西）剩下、留下 動

이 식당에서는 음식을 **남기면** 안 됩니다.
在這間餐廳吃飯不可以剩下來。

남녀

(男女) 男女 名

과거에는 **남녀**가 평등하지 않았습니다.

在過去，男女並不平等。

남대문시장

(南大門市場) 南大門市場 名

남대문시장에 옷을 사러 갈 겁니다.

要去南大門市場買衣服。

남동생

(男 - -) 弟弟 名

남동생이 저한테 선물을 사 줬습니다.

弟弟買了禮物送給我。

남미

(南美) 南美 名

남미에는 여러 국가들이 있습니다.

南美有許多個國家。

남산

(南山) 南山 名

서울 **남산**으로 산책하러 가는 사람들이 많습니다.

去首爾南山散步的人很多。

남자

(男子) 男生 名

저 **남자**는 아주 잘생겼습니다.

那個男生長得很帥。

남쪽 (南 -) 南邊 名

태풍이 **남쪽**으로 갈 것 같습니다.
颱風好像會往南邊走。

남편 (男便) 老公 名

매일 아침 **남편**에게 도시락을 싸 줍니다.
每天早上包便當給老公。

남학생 [남학쌩] (男學生) 男學生 名

우리 학과에는 **남학생**이 여학생보다 많습니다.
我們系的男學生比女學生多。

낮 [낟] 白天 名

지금 미국은 **낮**이지요?
現在美國是白天吧？

낮다 [낟따] 低的 形

온도가 **낮고** 습도가 높으면 더욱 춥습니다.
溫度低、濕度高的話會更冷。

내과 [내꽈] (內科) 內科 名

감기에 걸렸을 때에는 **내과**에 가 봐야 합니다.
感冒時應該要去看內科。

☐ 내년
(來年) 明年 名

내년에는 한국 여행을 가 볼까 합니다.
考慮明年要不要去韓國旅行。

☐ 내다
付（錢）；提交 動

만 원을 **내면** 동아리에 가입할 수 있습니다.
如果付一萬元，就可以加入社團。

☐ 내려가다
下去 動

엘리베이터를 타고 **내려갑시다**.
坐電梯下去吧。

☐ 내려오다
下來 動

사무실에서 **내려올** 때 제 가방 좀 가져다 주세요.
從辦公室下來的時候，請幫我拿我的包包。

☐ 내리다
往下 動

시청에 가려면 다음 역에서 **내리면** 돼요.
要去市政府的話，在下一站下車就可以了。

☐ 내용
(內容) 內容 名

이 영화는 아무 **내용**도 없습니다!
這電影什麼內容都沒有！

ㄴ

내일

（來日） 明天 名

내일까지 저한테 연락 주십시오.
明天之前請和我聯絡。

냄비

鍋子 名

부엌에 **냄비**가 없어서 음식을 할 수 없습니다.
廚房裡沒有鍋子，所以沒辦法煮東西。

냄새

味道 名

머리에서 이상한 **냄새**가 나서 바로 감았습니다.
頭髮散發出奇怪的味道，所以馬上洗了。

냉면

（冷麵） 冷麵 名

차가운 국물이 있는 **냉면**을 물냉면이라고 합니다.
有冰湯水的冷麵叫做湯冷麵。

냉장고

（冷藏庫） 冰箱 名

냉장고가 고장 나서 새것을 사려고 합니다.
冰箱壞了，所以想買新的。

너

【半語】你 代

너 지금 어디까지 왔어?
你現在到哪裡了？

너무

太 副

국이 **너무** 뜨겁군요!
湯太燙了呢！

넓다

寬敞的、寬廣的 形

[널따]

우리 집은 **넓으니까** 자고 가세요!
我們家很寬敞，所以在這裡過夜再走吧！

넘다

跨越；超過 動

[넘따]

이 자동차 가격이 아파트 하나 가격을 **넘어요**!
這輛車的價格超過一棟公寓的價格！

넘어지다

跌倒 動

[너머지다]

넘어져서 발목을 다쳤어요.
跌倒傷到腳踝了。

넣다

放入 動

[너타]

고춧가루는 **넣지** 마세요!
請不要放辣椒粉！

네

是的、好的 感

네, 알겠습니다.
是的，我知道了。

네 四 冠

맥주 **네** 병 주세요.
請給我四瓶啤酒。

넥타이 (necktie) 領帶 名

저는 **넥타이** 매는 것을 싫어합니다.
我討厭繫領帶。

넷 四 數

[넫]

우리팀 직원은 모두 **넷**입니다.
我們組的職員總共四位。

넷째 第四 冠

[넫째]

우리 집 **넷째** 오빠는 공무원입니다.
我們家四哥是公務人員。

년 (年) ~年 名

대만에서 산 지 십 **년** 됐습니다.
在臺灣住了十年了。

노란색 (- - 色) 黃色 名

제 머리 색깔을 **노란색**으로 만들어 주세요.
請幫我把我的頭髮顏色弄成黃色。

노랗다

黃的 形

[노라타]

노란 유채꽃이 정말 아름답습니다.

黃色的油菜花真的很美。

노래

歌曲 名

노래를 하면서 샤워를 합니다.

邊唱歌邊洗澡。

노래방

(－－房) KTV 名

노래방에서 노래하면서 춤을 췄습니다.

在KTV裡唱了歌又跳了舞。

노력하다

(努力－－) 努力 動

[노려카다]

노력하는 사람만 성공할 수 있습니다.

只有努力的人才能成功。

노트

(note) 筆記本；筆記 名

노트를 안 가져왔습니다. / 공책에 **노트**하십시오.

沒有帶筆記本來。 / 請在本子上作筆記。

녹색

(綠色) 綠色 名

[녹쌕]

저는 밝은 **녹색**을 좋아합니다.

我喜歡亮綠色。

녹차
(綠茶) 綠茶 名

녹차나 우롱차를 마시면 몸에 좋습니다.
喝綠茶或烏龍茶對身體很好。

놀다
玩 動

내일 어디로 **놀러** 갈까요?
明天要去哪裡玩呢？

놀라다
驚訝、吃驚 動

좋은 소식 하나 말할 테니까 **놀라지** 마세요.
告訴你一個好消息，請不要太驚訝喔。

농구
(籠球) 籃球 名

저는 야구보다 **농구**가 더 좋습니다.
我比起棒球，更喜歡籃球。

높다
[놉따]
高的 形

한국어 점수가 **높지** 않아서 입학을 못 했어요.
因為韓語分數不夠高，所以無法入學。

놓다
[노타]
擺放 動

그릇을 식탁 위에 좀 **놓아** 주세요.
請把碗擺到餐桌上。

ㄴ

☐ 누구

誰 代

이건 **누구**한테 주는 선물이에요?

這是要給誰的禮物？

☐ 누나

（男生用語）姊姊 名

누나하고 연락한 지 오래됐습니다.

和姊姊好久沒聯絡了。

☐ 누르다

按、壓 動

여기를 **누르면** 컴퓨터가 켜집니다.

按這裡電腦就可以打開。

☐ 눈

眼睛 名

이 음식을 자주 먹으면 **눈**이 좋아집니다.

常吃這個食物的話，眼睛會變好。

☐ 눈

雪 名

이곳에서는 겨울에 **눈**이 내리지 않습니다.

這個地方冬天並不會下雪。

☐ 눈물

眼淚 名

그 영화를 보면서 **눈물**을 많이 흘렸습니다.

看那一部電影時，淚流滿面。

눈사람

雪人 名

[눈싸람]

눈이 내리면 **눈사람**을 만드는 것이 재미있습니다.

下雪的話，堆雪人很有趣。

눈싸움

雪仗 名

어렸을 때는 **눈싸움**하는 것을 좋아했습니다.

小的時候喜歡打雪仗。

눕다

躺 動

[눕따]

잠시 **누워서** 쉬고 싶어요.

想躺下來休息一下。

뉴스

(news) 新聞 名

텔레비전에서 그 **뉴스**를 봤습니까?

在電視上看到那個新聞了嗎？

뉴욕

(New York) 紐約 名

뉴욕에서 타이완까지 비행기로 얼마나 걸립니까?

從紐約到臺灣搭飛機需要花多少時間？

느끼다

感覺 動

부모님께 항상 미안한 마음을 **느껴요**.

總是對父母感到抱歉。

느낌

感覺 名

사고 후에 다리에 아무 **느낌**이 없습니다.
事故後，腳一點感覺也沒有。

느리다

慢的 形

이 버스는 정말로 **느리군요**!
這輛公車真的很慢呢！

늘

總是、一直 副

늘 도와주셔서 감사합니다.
感謝您一直以來的幫忙。

늘다

增加、提升 動

얼른 한국어 실력이 **늘었으면** 좋겠습니다.
如果韓語實力能趕快提升的話就太好了。

능력

[능녁]

（能力） 能力 名

말하기 **능력**을 키우려고 노력합니다.
為了想培養口語能力而努力。

늦다

[늗따]

晚；遲到 形 動

늦지 마십시오!
請勿遲到！

ㄴ

□ 님

【尊稱用的綴字】 

고객**님**, 어서 오십시오!

歡迎貴賓光臨！

ㄷ

다

全部、都 副

그 많은 과자를 **다** 먹었어요?

那麼多的餅乾全部都吃完了嗎？

다녀오다

去一趟 動

잠시 집에 **다녀와도** 됩니까?

可以回家一趟嗎？

다니다

（固定）去某處 動

지금 무슨 직장에 **다니십니까**?

現在您在什麼單位工作？

다르다

不同的、不一樣的 形

제가 언니하고 닮기는 했지만 성격은 많이 **다릅니다**.

我和姊姊雖然長得像，但是個性很不一樣。

다른

其他的、別的 冠

지금은 **다른** 남자하고 사귀고 있어요.

現在正在和別的男人交往。

다리

腿 名

다리를 다쳐서 걷지 못합니다.

腿部受傷了，所以無法行走。

다리

橋 名

다리를 건넌 다음에 저를 내려 주세요.

過橋後請讓我下車。

다섯

[다섣]

五 數

하나에서 **다섯**까지 세었습니다.

從一數到了五。

다시

再、再次 副

다시 한번만 말씀해 주시겠어요?

請再說一次好嗎？

다음

下一個 名

다음 손님 들어오십시오!

下一位客人請進！

다이어트

(diet) 節食、控制飲食 名

다이어트하고 있으니까 케이크를 사 오지 마세요!

正在節食中，所以請不要買蛋糕來！

다치다

受傷 動

팔을 **다쳐서** 운동을 못 합니다.

手臂受傷了，所以無法運動。

닦다

擦拭；刷 動

[닥따]

이를 **닦고** 세수를 했습니다.

刷牙洗臉了。

단어

（單語） 單字 名

[다너]

단어를 잊을까 봐 항상 복습합니다.

怕忘記單字，所以常常複習。

단점

（短點） 缺點 名

[단쩜]

왜 다른 사람의 **단점**밖에 못 봐요?

為什麼只看得到別人的缺點呢？

닫다

關 動

[닫따]

창문을 좀 **닫아** 주시겠어요?

請把窗戶關起來好嗎？

닫히다

被關上 動

[다치다]

교실 문이 **닫혀** 있습니다.

教室門關著。

달

月亮 名

추석에는 **달**이 아주 밝습니다.

中秋節時月亮非常明亮。

ㄷ

달

~月 名

유럽에 한 **달** 동안 여행을 가려고 합니다.

打算去歐洲旅行一個月。

달다

甜的 形

너무 **달아서** 못 먹겠어요.

太甜，吃不下去了。

달러

(dollar) 美金 名

달러로 바꿔 주십시오.

請幫我換成美金。

달력

(-曆) 月曆 名

이 **달력**에는 양력과 음력 둘 다 있습니다.

這個月曆裡，陽曆及陰曆二種都有。

달리다

跑 動

늦어서 학교까지 **달렸습니다**.

太晚了，所以用跑的到學校。

닭

[닥]

雞 名

저희 부모님께서는 시골에서 **닭**을 키우십니다.

我們的父母在鄉下養雞。

☐ 닭고기

雞肉 名

[닥꼬기]

운동을 하면서 **닭고기**를 많이 먹게 되었습니다.
運動的同時，進而吃了很多雞肉。

☐ 닮다

長得像 動

[담따]

영진 씨는 가족 중에 누구와 **닮았습니까**?
永真先生長得像家族中的誰呢？

☐ 담그다

浸泡；醃 動

오늘 김치를 **담그는** 법을 배웠습니다.
今天學了醃辛奇（韓國泡菜）的方法。

☐ 담배

香菸 名

담배를 많이 피우면 암에 걸릴 수 있습니다.
菸抽太多的話，可能會得癌症。

☐ 답장

（答狀） 回信、回覆 名

[답짱]

이메일을 받았는데 **답장**하는 것을 잊었습니다.
雖然有收到電子郵件，但是忘記回信了。

☐ 당근

紅蘿蔔 名

제 음식에 **당근**을 넣지 않았으면 좋겠습니다.
我的菜裡面，如果不放紅蘿蔔就好了。

ㄷ

당신

(當身) 你、您 代

여보, 정말 **당신**밖에 없어요.

老公 / 老婆，我（心中）真的只有你一人。

대

(臺) ～臺 名

집 앞에 차 한 **대**가 서 있습니다.

屋前停了一臺車。

대답하다

[대다파다]

(對答--) 回答 動

질문을 잘 듣고 **대답해** 보세요.

請仔細聽題目並回答。

대부분

(大部分) 大部分 名

대부분 학생들이 아직 말하기를 잘 못합니다.

大部分的學生口說還是不太行。

대사관

(大使館) 大使館 名

다음 달부터 **대사관**에서 일하게 됐습니다.

從下個月開始要在大使館上班了。

대학

(大學) 大學；技術學院 名

저는 작년에 예술 **대학**을 졸업했습니다.

我去年從藝術大學畢業了。

대학교
[대학꾜]

(大學校) 大學 名

대학교에 들어가면 뭐부터 해 보고 싶어요?
進入大學的話，想要先做些什麼呢？

대학생
[대학쌩]

(大學生) 大學生 名

동생이 지금 **대학생**이지요?
弟弟 / 妹妹現在是大學生吧？

대학원
[대하권]

(大學院) 研究所 名

대학원 공부가 힘들기는 하지만 재미있습니다.
雖然念研究所很辛苦，但是很有趣。

대학원생
[대하권생]

(大學院生) 研究生 名

저 학생은 대학생인데 **대학원생**처럼 아는 것이 많아요.
那位學生雖然是大學生，但卻像研究生似的知道很多事情。

대한민국

(大韓民國) 大韓民國、韓國 名

한국의 정식 명칭은 **대한민국**입니다.
韓國的正式名稱為大韓民國。

대화

(對話) 對話 名

문제가 있으면 **대화**로 해결합시다.
有問題的話，就用對話（的方式）解決吧。

ㄷ

대회 (大會) 比賽 名

다음 주에 **대회**에 나가야 하니까 음식을 조심하세요.
下週要參加比賽，所以請注意飲食。

댁 (宅) 【敬語】家、府上 名

선생님은 **댁**이 어디십니까?
老師府上在哪裡呢？

더 更 副

제 남자친구는 이민호보다 **더** 멋있습니다.
我的男朋友比李敏鎬更帥。

더럽다 [더럽따] 骯髒的 形

방이 너무 **더러워서** 청소를 하려고 합니다.
房間太髒了，想要打掃一下。

덕분 [덕뿐] (德分) 福份、恩澤 名

선생님 **덕분**에 한국어를 잘하게 됐습니다!
托老師的福，讓我的韓語可以說得很好！

덥다 [덥따] 熱的 形

대만의 날씨가 많이 **덥고** 습합니다.
臺灣的天氣很熱又很濕。

덮다

蓋、闔上 動

[덥따]

시험을 보기 전에 먼저 책을 **덮으세요**.

考試前請先把書本蓋起來。

데리다

帶（人）、帶領 動

동생을 **데리고** 병원에 갔습니다.

帶弟弟 / 妹妹去了醫院。

데이트

(date) 約會 名

남자 친구가 있지만 요즘 **데이트**를 할 시간이 없습니다.

雖然有男朋友，但最近都沒時間約會。

도로

(道路) 道路 名

도로에 차가 많아서 늦었습니다!

路上車很多，所以來晚了！

도서관

(圖書館) 圖書館 名

도서관에서 여러 책을 빌릴 수 있습니다.

可以在圖書館借到各種書。

도시

(都市) 都市 名

도시마다 유명한 관광지가 있습니다.

每個都市都有名勝觀光地。

□ 도와주다

幫忙 動

제가 힘들 때마다 **도와주셔서** 정말 감사합니다.
真的很感謝您，在我每次有困難的時候幫忙我。

□ 도움

幫助 名

일하면서 동료에게 **도움**을 많이 받았습니다.
工作時，從同事那邊得到過很多幫助。

□ 도착하다

[도차카다]

(到着 - -) 抵達、到達 動

도착하면 연락해 주세요.
如果到了，請和我聯絡。

□ 도쿄

(Tokyo) 東京 名

도쿄는 일본의 수도입니다.
東京是日本的首都。

□ 독서

[독써]

(讀書) 閱讀 名

어렸을 때부터 **독서** 습관을 기르는 것이 좋습니다.
從小開始培養閱讀習慣是很好的。

□ 독일

[도길]

(獨逸) 德國 名

독일은 유럽 국가들 중에서 제일 잘사는 나라에 속합니다.
德國在歐洲國家中，屬於最富裕的國家。

돈

錢 名

돈을 더 벌려고 매일 야근을 합니다.
想要賺更多錢，所以每天加班。

돌아가다

[도라가다]

回去、繞行 動

다음 달에 고향에 **돌아가게** 되었습니다.
下個月要回去故鄉了。

돌아오다

[도라오다]

回來 動

수요일에 출장을 가서 금요일에 **돌아옵니다**.
星期三去出差，星期五回來。

돕다

[돕따]

幫忙 動

이사하는 친구를 **도우러** 친구 집에 갔습니다.
為了幫忙要搬家的朋友而去了朋友家。

동네

(洞 -) 社區 名

이 **동네**로 언제 이사왔습니까?
是什麼時候搬來這個社區的呢？

동대문시장

(東大門市場) 東大門市場 名

동대문시장은 많은 옷가게들로 유명합니다.
東大門市場以許多服飾店聞名。

ㄷ

동물 (動物) 動物 名

어머니께서는 집에서 **동물** 키우는 것을 싫어하세요.
母親討厭在家裡養動物。

동생 弟弟；妹妹 名

동생한테 전화 좀 하고 올게요!
打電話給弟弟 / 妹妹之後就會過來！

동아리 社團 名

연극 **동아리**에 들어가고 싶습니다.
想加入話劇社。

동안 某期間當中 名

방학 **동안** 뭐 하려고 합니까?
學校放假期間打算做什麼？

동양 (東洋) 東洋、東方 名

동양 사람들은 서양 사람들에 비해서 키가 작습니다.
東方人和西方人比起來，身高比較矮。

동전 (銅錢) 硬幣 名

이 지폐를 100원짜리 **동전**으로 바꿔 주시겠어요?
可以幫我把這張紙鈔換成100元的硬幣嗎？

동쪽

(東 -) 東邊 名

여기에서 **동쪽**으로 십 킬로미터쯤 가십시오.

請從這邊往東邊走約十公里。

돼지

豬 名

아버지께서는 농장에서 **돼지**를 키우십니다.

父親在農場養豬。

돼지고기

豬肉 名

이 **돼지고기**는 소고기만큼 비싸요.

這豬肉和牛肉一樣貴。

되다

成為 動

한국어를 열심히 공부해서 한국어 선생님이 **되고** 싶습니다.

用心地學習韓語，想成為韓語老師。

된장

(- 醬) 大醬 名

된장은 특이한 냄새가 납니다.

大醬有一種奇特的味道。

된장찌개

(- 醬 - -) 大醬鍋 名

어머니께서 만드신 **된장찌개**가 제일 맛있습니다.

母親做的大醬鍋最好吃。

ㄷ

두

二 冠

가게에서 빵을 한 개, 우유를 **두** 병 샀습니다.

在店裡買了一個麵包、二瓶牛奶。

두껍다

[두껍따]

厚的 形

사전이 매우 **두껍고** 무겁습니다.

字典很厚又很重。

두다

放置 動

휴대폰을 책 옆에 **두었습니다**.

手機放在書的旁邊了。

두부

（豆腐）

豆腐 名

두부를 썰어서 김치찌개에 넣었습니다.

豆腐切塊後，放進了泡菜鍋。

둘

二 數

둘까지 세겠습니다.

我會數到二。

둘째

第二個 冠

우리 **둘째** 형은 의사입니다.

我二哥是醫生。

뒤

後面 名

이 건물 **뒤**에 쓰레기를 버리는 곳이 있습니다.
這棟建築物後面有丟垃圾的地方。

드라마

(drama) 電視劇 名

이 **드라마**는 일 년 동안 방송되었습니다.
這部電視劇已經播了一年了。

드리다

【敬語】給予(奉上) 動

할아버지께 선물을 **드렸습니다**.
送了禮物給爺爺。

드시다

【敬語】吃 動

이 약을 **드시고** 집에서 푹 쉬십시오.
吃了這藥後，請在家多多休息。

듣기

[듣끼]

聽力 名

듣기 실력을 늘리기 위해 한국 노래를 많이 듣습니다.
為了增加聽力實力，聽很多韓國歌。

듣다

[듣따]

聽 動

요즘 어떤 노래를 자주 **듣습니까**?
最近常聽哪一種歌呢？

들다

提 動

저기 까만색 가방을 **들고** 있는 사람이 영진 씨입니다.
那邊拿著黑色包包的人是永真先生。

들어가다

[드러가다]

進去 動

실례합니다. 잠깐 **들어가도** 될까요?
抱歉。我可以進去一下嗎？

들어오다

[드러오다]

進來 動

이쪽으로 **들어오시면** 됩니다.
可以從這邊進來。

등

背 名

등이 아파서 마사지를 받았습니다.
背好痛，所以去按摩了。

등산

(登山)

登山 名

저는 **등산**을 좋아해서 산에 자주 갑니다.
我喜歡登山，所以常去山上。

등산복

(登山服)

登山服 名

등산갈 때는 **등산복**을 입는 것이 좋습니다.
登山時，穿著登山服比較好。

등산화

(登山靴) 登山鞋 名

등산할 때 신는 신발을 **등산화**라고 합니다.
登山時穿的鞋子稱作登山鞋。

디자인

(design) 設計、款式 名

이 치마는 **디자인**이 마음에 듭니다.
我喜歡這件裙子的設計。

따뜻하다

[따뜨타다]

溫暖的 形

오늘 날씨가 참 **따뜻하네요**.
今天天氣真暖和。

따라가다

跟著去 動

이 길을 **따라가면** 슈퍼마켓이 나옵니다.
沿著這條路走，就會看到超市。

따라오다

跟著來 動

지금부터 저를 **따라오시면** 됩니다.
從現在開始，跟著我來就可以了。

따로

分開 副

따로 계산해 주세요.
請分開結帳。

ㄷ

딸

女兒 名

민수 씨는 아들이 한 명, **딸**이 두 명 있습니다.
明秀先生有一個兒子、二個女兒。

딸기

草莓 名

어제 시장에서 **딸기** 5,000원어치를 샀습니다.
昨天在市場買了5,000元左右的草莓。

땀

汗 名

더운 날씨는 **땀**이 나서 싫습니다.
討厭天氣熱流汗。

때

時候 名

몸이 아플 **때**는 집에서 푹 쉬는 것이 좋습니다.
身體不舒服的時候，在家好好休息比較好。

때문

因為 名

남자 친구가 한국 사람이기 **때문**에 한국어를 공부합니다.
因為男朋友是韓國人，所以我學韓語。

떠나다

離開 動

떠나기 전에 다시 한번 연락해 주세요.
離開之前，請再和我聯絡一次。

떠들다

吵鬧 動

수업 시간에 **떠들지** 마세요.
上課時間請不要吵鬧。

떡

年糕 名

한국에는 좋은 일이 있을 때 함께 **떡**을 먹는 풍습이 있습니다.
在韓國，有好事情時，會有一起吃年糕的風俗。

떡국

[떡꾹]

年糕湯 名

한국 사람들은 설날에 **떡국**을 먹습니다.
韓國人在過年時會吃年糕湯。

떡볶이

[떡뽀끼]

辣炒年糕 名

떡볶이는 조금 맵지만 맛있습니다.
辣炒年糕雖然有點辣，但是很好吃。

떨어지다

[떠러지다]

掉下來；（考試）落榜 動

이번 한국어능력시험에 **떨어져서** 많이 속상합니다.
在這次的韓國語能力考試中落榜了，很傷心。

또

又、再、還有 副

파란색 말고 **또** 어떤 색깔이 있습니까?
除了藍色之外，還有哪一種顏色呢？

ㄷ

□ 또는

或者、或是 副

토요일 **또는** 일요일에 뵙고 싶습니다.
想要星期六或是星期天去拜訪您。

□ 똑같다

相同的、一樣的 形

[똑깓따]

이거하고 **똑같은** 디자인으로 보여 주세요.
請給我看和這個相同設計的款。

□ 똑바로

直直地 副

[똑빠로]

똑바로 가면 은행이 보일 겁니다.
直走就會看見銀行。

□ 뛰다

跳；跑 動

계단에서 **뛰지** 마세요.
請不要在階梯上奔跑。

□ 뜨겁다

燙的 形

[뜨겁따]

커피가 **뜨거우니까** 조심하세요.
咖啡很燙，請小心。

□ 뜻

意思 名

[뜯]

이 문장의 **뜻**을 잘 모르겠는데, 좀 가르쳐 주세요.
不太明白這句話的意思，請教教我。

ㄹ

라디오

(radio) 收音機；廣播 名

라디오를 들으면서 숙제를 하고 있습니다.

邊聽收音機，邊寫作業。

라면

(ラーメン) 泡麵 名

여기 **라면** 한 그릇하고 김밥 하나 주세요.

請給我一碗泡麵和一條海苔飯捲。

러시아

(Russia) 俄羅斯 名

러시아는 겨울에 기온이 영하까지 떨어져서 춥습니다.

俄羅斯冬天氣溫會降到零度以下，實在很冷。

로션

(lotion) 乳液 名

날씨가 건조하니까 세수한 후에 얼굴에 **로션**을 바르세요.

天氣很乾燥，所以洗完臉後請在臉上擦些乳液。

ㅁ

마늘

蒜頭 名

마늘은 맵지만 건강에 좋습니다.
蒜頭雖然辣，但是對健康有益。

마르다

渴、乾 動

목이 **말라서** 물을 한 컵 마셨습니다.
口渴，所以喝了一杯水。

마리

～隻 名

우리 집에는 강아지가 한 **마리**, 고양이가 두 **마리** 있습니다.
我們家有一隻小狗、二隻貓。

마시다

喝 動

물을 많이 **마시면** 건강에 좋습니다.
多喝水對健康有益。

마음

心、心意 名

이 바지의 색깔이 **마음**에 안 듭니다.
我不喜歡（不中意）這件褲子的顏色。

마지막

最後 名

이번이 **마지막**이니까 더 열심히 준비하려고 합니다.
這次是最後一次了，所以想要更用心地準備。

마치다

結束、完成 動

일을 빨리 **마치고** 일찍 퇴근했습니다.
很快地完成了工作，提早下班了。

마흔

四十 數

삼촌은 올해 **마흔**이십니다.
叔叔今年四十歲。

막히다

[마키다]

堵塞 動

길이 많이 **막히니까** 지하철을 타고 갈까요?
路上很塞，搭地鐵去好嗎？

만

（萬） 萬 數

이 원피스는 오**만** 원입니다.
這件連身裙五萬元。

만나다

見面 動

주말에 친구와 **만나서** 영화를 봤습니다.
週末時和朋友見面去看了電影。

만두

（饅頭） 水餃 名

만두를 쪄서 먹었습니다.
蒸了餃子來吃。

만들다

製作 動

저는 한국 음식을 **만들어** 본 적이 있습니다.
我曾經做過韓國料理。

만지다

觸摸、碰觸 動

박물관에서는 손으로 물건을 **만지지** 마십시오.
在博物館裡請不要用手觸摸東西。

만화

（漫畫） 漫畫 名

미키 씨는 **만화**를 보는 것을 좋아합니다.
米奇小姐喜歡看漫畫。

많다

[만타]

多的 形

명동에는 항상 사람이 **많습니다**.
明洞總是有很多人。

많이

[마니]

多地 副

제 친구는 밥을 정말 **많이** 먹습니다.
我朋友真的吃很多飯。

말

話 名

옆 자리에 앉은 친구에게 **말**을 걸었습니다.
向坐在旁邊的朋友搭了話。

말씀하다

【敬語】講話、談話 動

할머니께서 저에게 **말씀하셨습니다**.

奶奶和我說了。

말하기

口說 名

한국어 실력을 늘리고 싶어서 한국 친구와 **말하기** 연습을 하고 있습니다.

想要提升韓語實力，所以正在和韓國朋友進行口說練習。

말하다

講話、談話 動

비밀이니까 다른 사람한테 **말하면** 안 돼요.

因為是祕密，所以不可以和別人說。

맑다

[막따]

晴朗的 形

오늘 날씨가 **맑고** 좋습니다.

今天天氣晴朗、很好。

맛

[맏]

味道 名

이 식당은 음식 **맛**은 괜찮은데 가격이 조금 비싼 편입니다.

這間餐廳的食物味道雖然還不錯，但價格算是有點貴。

맛없다

[마덥따]

不好吃的 形

그 식당은 음식이 별로 **맛없습니다**.

這間餐廳的食物不怎麼好吃。

ㅁ

맛있다
好吃的 形

[마딛따 / 마싣따]

맛있는 음식을 먹으면 기분이 좋아져요.
如果吃了好吃的食物，心情就會變好。

맞다
對、正確 動

[맏따]

다음 대화를 듣고 **맞으면** O, 틀리면 X에 표시하세요.
請聽以下的對話，對的話請打〇，錯的話請打×。

맞은편
（－－便） 對面 名

[마즌편]

명동에 가려면 **맞은편**에서 버스를 갈아타야 합니다.
想去明洞的話，應該要在對面轉乘公車。

매다
繫 動

넥타이를 **매고** 회사에 갑니다.
繫上領帶去公司。

매우
非常 副

내일은 날씨가 **매우** 춥겠습니다.
明天天氣會非常冷。

매일
（每日） 每天 名

저는 **매일** 한국어로 일기를 쓰고 있습니다.
我每天用韓語寫日記。

매주

(每週) 每週 名

매주 일요일마다 학원에 가서 한국어를 배우고 있습니다.

每個星期日都去補習班學韓語。

맥주

[맥쭈]

(麥酒) 啤酒 名

동료들과 **맥주**를 마시면서 이야기를 했습니다.

和同事們邊喝啤酒邊聊了天。

맵다

[맵따]

辣的 形

매운 음식도 잘 드십니까?

也很能吃辣的食物嗎？

머리

頭 名

감기에 걸려서 **머리**가 아프고 열이 납니다.

因為感冒，所以頭痛又發燒。

머리

頭髮 名

지난 주말에 **머리**를 하러 미용실에 갔습니다.

上週末去美容院做了頭髮。

먹다

[먹따]

吃 動

아침에는 보통 무엇을 **먹습니까**?

早上通常吃什麼呢？

ㅁ

먼저

先 副

자기 전에 **먼저** 샤워를 해야 합니다.
睡前應該要先洗澡。

멀다

遠的 形

여기에서 지하철역까지 많이 **멉니까**?
從這裡到地鐵站很遠嗎？

멋있다

[머딛따 / 머싣따]

帥的 形

마이클 씨가 양복을 입으니까 정말 **멋있습니다**.
麥克先生因為穿西裝的關係，（看起來）真的很帥。

메뉴

（menu） 菜單 名

메뉴를 먼저 보고 주문하시면 됩니다.
請先看一下菜單再點菜就可以了。

메다

背 動

여행을 갈 때는 배낭을 **메는** 것이 편합니다.
去旅行時，背背包比較方便。

메모

（memo） 便條 名

전화번호를 잊어버릴까 봐 **메모**를 남겼습니다.
怕忘記電話號碼，所以寫在便條上了。

메시지

(message) 訊息、簡訊 名

친구가 전화를 안 받아서 문자 **메시지**를 보냈습니다.

朋友沒有接電話，所以傳了訊息給他。

멕시코

(Mexico) 墨西哥 名

멕시코는 기온이 높고 습도도 높은 편입니다.

墨西哥算是氣溫高、濕度也高。

며칠

幾天、幾日 名

중요한 시험 때문에 **며칠** 동안 공부만 하고 있습니다.

因為是重要的考試，所以這幾天都在念書。

면도

(面刀) 刮鬍子 名

영민 씨가 **면도**를 하니까 더 멋있어 보입니다.

永明先生因為刮了鬍子的關係，（看起來）更帥了。

명

(名) ～名、～人、～位 名

우리 가족은 다섯 **명**입니다.

我們家有五個人。

명절

(名節) 節日 名

명절이 되면 기차표가 없을까 봐 미리 예약을 했습니다.

因為怕過節買不到火車票，所以先預訂了。

ㅁ

몇

幾 冠 數

[면]

그릇이 **몇** 개 필요하세요?

請問需要幾個碗？

모두

全部 副

티셔츠하고 치마, 바지, **모두** 육만 오천 원입니다.

襯衫和裙子、褲子，全部是六萬五千元。

모든

所有的 冠

하얀색 옷은 **모든** 옷에 잘 어울립니다.

白色衣服和所有衣服都很相配。

모레

後天 名 副

내일은 비가 오겠지만 **모레**는 그치겠습니다.

明天雖然會下雨，但後天就會停了。

모르다

不知道、不懂 動

열심히 공부했지만 아직 잘 **모르겠습니다**.

雖然很認真地念了書，但還是不太懂。

모시다

【敬語】陪（長輩） 動

부모님을 **모시고** 여행을 가려고 합니다.

打算陪父母去旅行。

모양
(模樣) 樣子、形狀 名

머리 **모양**을 바꾸고 싶어서 미용실에 갔습니다.
想要換髮型，所以去了美容院。

모으다
蒐集、存 動

돈을 열심히 **모아서** 한국에 놀러 갈 계획입니다.
努力存錢，計畫去韓國玩。

모이다
聚集 動

저녁에 콘서트가 있어서 사람들이 많이 **모여** 있습니다.
晚上有演唱會，所以聚集了很多人。

모임
聚會 名

민수 씨는 야구를 좋아해서 주말마다 야구 **모임**에 나갑니다.
明秀先生喜歡棒球，所以每個週末都會去棒球聚會。

모자
(帽子) 帽子 名

검정색 **모자**를 쓴 사람을 찾으면 됩니다.
找戴黑色帽子的人就可以了。

목
脖子、嗓子 名

목이 아플 때는 가능하면 이야기를 많이 하지 마세요.
嗓子痛的時候，可以的話，請不要說太多話。

목걸이

項鍊 名

[목꺼리]

저기 **목걸이**를 하고 있는 사람이 수미 씨입니다.
那裡戴項鍊的人是秀美小姐。

목소리

聲音 名

[목쏘리]

사토 씨는 가수처럼 **목소리**가 좋습니다.
佐藤先生像歌手一樣，聲音很好聽。

목요일

（木曜日） 星期四 名

[모교일]

수요일은 바쁜데 **목요일**에 만나는 게 어떻습니까?
星期三很忙，星期四碰面如何？

목욕하다

（沐浴--） 洗澡、沐浴 動

[모교카다]

많이 피곤할 때는 따뜻한 물에 **목욕해** 보세요.
很累的時候，請試試看洗個熱水澡。

목적

（目的） 目的 名

[목쩍]

어떤 **목적**으로 한국어를 배우고 있습니까?
是為了什麼目的而學韓語呢？

몸

身體 名

제가 **몸**이 좀 안 좋아서 수업에 못 갈 것 같습니다.
我身體有些不舒服，可能沒辦法去上課了。

몸살

全身痠痛 名

지난주에 운동을 너무 열심히 해서 **몸살**이 났습니다.
上週運動過量，結果全身痠痛。

못

無法 副

[몯]

지난주에 회식이 있어서 수업에 **못** 갔습니다.
上週因為有聚餐，所以無法去上課。

못하다

不會 動

[모타다]

운전은 **못 하지만** 자전거는 잘 탑니다.
雖然不會開車，但是很會騎腳踏車。

몽골

(Mongolia) 蒙古 名

작년에 **몽골**에 여행을 갔는데 정말 인상적이었습니다.
去年去了蒙古旅行，真的是印象深刻。

무

蘿蔔 名

무로 만든 김치도 맛이 좋습니다.
用蘿蔔做的辛奇（韓國泡菜）也很好吃。

무겁다

重的 形

[무겁따]

가방이 **무거운데** 좀 들어주세요.
包包有點重，請幫我拿一下。

ㅁ

무궁화

(無窮花) 木槿 名

무궁화는 한국을 대표하는 꽃입니다.
木槿是代表韓國的花。

무료

(無料) 免費 名

피자를 주문하면 콜라가 **무료**입니다.
點披薩的話，可樂免費。

무릎

膝蓋 名

[무릅]

할머니께서는 **무릎**이 아프셔서 쉬고 계십니다.
奶奶膝蓋痛，所以正在休息。

무섭다

可怕的 形

[무섭따]

저는 **무서운** 영화를 잘 봅니다.
我很常看恐怖電影。

무슨

什麼的 冠

무슨 음식을 좋아하세요?
喜歡吃什麼食物呢？

무엇

什麼 代

[무얻]

시간이 나면 보통 **무엇**을 하십니까?
空閒時，通常會做什麼？

무역

(貿易) 貿易 名

저는 졸업 후에 **무역**회사에 취직하고 싶습니다.

畢業後我想要到貿易公司上班。

무용

(舞踊) 舞蹈 名

지은 씨는 어릴 때부터 **무용**을 배웠습니다.

智恩小姐從小就開始學跳舞。

무척

非常 副

요즘 회사일이 **무척** 바쁩니다.

最近公司的事情非常忙。

문

(門) 門 名

죄송한데 **문** 좀 닫아 주시겠어요?

不好意思，可以把門關上嗎？

문구점

(文具店) 文具店 名

문구점에 가서 펜과 노트를 사 왔습니다.

去文具店買了筆和筆記本來。

문장

(文章) 句子 名

이해가 잘 안되는 **문장**이 있어서 선생님께 질문했습니다.

有不太了解的句子，所以去問了老師。

☐ 문제

(問題) 問題、題目 名

이번 시험에 모르는 **문제**가 나올까 봐 걱정됩니다.
真擔心這次的考試會出現我不會的題目。

☐ 문화

(文化) 文化 名

한국 **문화**를 이해하고 싶어서 한국어를 공부합니다.
想要了解韓國文化，所以學韓語。

☐ 묻다

問 動

[묻따]

누구한테 **물었습니까**?
你問了誰？

☐ 물

水 名

음료수는 마시면 안 되지만 **물**은 마셔도 됩니다.
雖然喝飲料不行，但是喝水可以。

☐ 물건

(物件) 物品、東西 名

지하철에서 **물건**을 잃어버렸는데 찾을 수 있을까요?
在地鐵上遺失了東西，能找回來嗎？

☐ 물론

(勿論) 當然 副 名

저는 한국 노래를 좋아합니다. **물론** 한국 드라마도 좋아합니다.
我喜歡韓國歌。當然也喜歡韓國電視劇。

☐ 물어보다

問問看、詢問 動

[무러보다]

모르는 것이 있으면 저한테 **물어보세요.**

若有不懂的請問我。

☐ 뭐

什麼 代

김치찌개와 된장찌개 중에 **뭐**가 더 좋으십니까?

辛奇鍋（韓國泡菜鍋）和大醬鍋之中，您比較喜歡什麼？

☐ 미국

(美國) 美國 名

미영 씨는 영어를 배우려고 **미국**에 유학을 갔습니다.

美英小姐為了學英文而去了美國留學。

☐ 미래

(未來) 未來 名

올해에는 **미래**를 위해서 더욱 열심히 노력할 계획입니다.

為了未來，計畫今年要更認真努力。

☐ 미리

提前、事先 副

숙제는 **미리** 하는 것이 좋습니다.

作業事先做比較好。

☐ 미술

(美術) 美術 名

그림 그리는 것을 좋아해서 대학교에서 **미술**을 전공했습니다.

我喜歡畫畫，所以在大學主修了美術。

미술관
(美術館) 美術館 名

화요일에 **미술관**에 가서 그림 구경을 했습니다.
星期二去美術館欣賞了畫作。

미안하다
(未安--) 對不起的 形

미안합니다. 내일은 약속이 있습니다.
對不起。明天有約了。

미용실
(美容室) 美容院 名

토요일에 **미용실**에 머리를 자르러 갔습니다.
星期六去美容院剪了頭髮。

미터
(meter) ～公尺 名

여기에서 100**미터**쯤 더 가면 은행이 있습니다.
從這裡大約再走100公尺就有銀行。

민속촌
(民俗村) 民俗村 名

민속촌에 가면 한국의 옛날 집들을 볼 수 있어서 좋습니다.
去民俗村的話，可以看見韓國古時候的房屋，非常好。

밀가루
[밀까루]
麵粉 名

빵은 **밀가루**로 만듭니다.
麵包是用麵粉做的。

□ 밀리다

被推擠、被推遲、堆積 動

일이 많이 **밀려서** 퇴근을 못 하고 있습니다.

工作積太多了，沒辦法下班。

□ 밑

[믿]

底下、底部 名

가방이 무거우면 의자 **밑**에 두셔도 됩니다.

包包太重的話，也可以放在椅子底下。

ㅁ

ㅂ

□ 바꾸다

換、改變 動

여행을 가기 전에 은행에서 돈을 **바꿨습니다**.
去旅行前，在銀行換了錢。

□ 바뀌다

被改變、被更換 動

올해부터 지하철 노선이 조금 **바뀌었습니다**.
從今年開始，地鐵的路線有稍微改變。

□ 바나나

(banana) 香蕉 名

바나나는 달고 맛이 좋아서 누구나 좋아합니다.
香蕉又甜又好吃，任誰都喜歡。

□ 바다

大海 名

저는 산보다 **바다**를 더 좋아합니다.
比起山，我更喜歡大海。

□ 바닷가

[바닫까]

海邊 名

이번 방학에는 친구들과 **바닷가**에 놀러 갈 계획입니다.
這次放假，計畫和朋友們去海邊玩。

□ 바라다

希望、期望 動

새해에 **바라는** 일이 있으십니까?
新年您有什麼希望嗎？

바람

風 名

바닷가 근처에는 **바람**이 많이 붑니다.

海邊附近風颳得很大。

바로

馬上 副

확인하고 **바로** 답장 보내드리겠습니다.

確認之後會馬上回覆給您。

바르다

塗抹、擦 動

이거 신제품인데 한번 **발라** 보세요.

這是新產品，請擦一次看看。

바쁘다

忙碌的 形

이번 주는 좀 **바쁘니까** 다음 주에 만납시다.

這個星期很忙，下星期再碰面吧。

바이올린

(violin) 小提琴 名

수미 씨는 **바이올린**을 켤 수 있습니다.

秀美小姐會拉小提琴。

바지

褲子 名

바지가 좀 작아서 큰 사이즈로 바꾸고 싶습니다.

褲子有點小，想換成大一點的尺寸。

박물관

(博物館) 博物館 名

[방물관]

박물관에서는 사진을 찍으면 안 됩니다.

博物館裡禁止拍照。

박수

(拍手) 鼓掌、拍手 名

[박쑤]

다 같이 **박수**를 치면서 노래를 불렀습니다.

大家一起拍手唱了歌。

밖

外面 名

[박]

밖에 화장실이 있습니다.

外面有廁所。

반

(半) 一半 名

오늘 세 시 **반**에 중요한 회의가 있습니다.

今天三點半有一個重要會議。

반

(班) 班 名

숙제를 몰라서 같은 **반** 친구에게 연락했습니다.

不知道作業是什麼，所以和同班同學連絡了。

반갑다

高興的 形

[반갑따]

만나서 **반갑습니다**. 앞으로 잘 부탁드립니다.

很高興見面。以後請多關照。

반바지

(半 - -) 短褲 名

여름에는 긴 바지보다 **반바지**를 더 즐겨 입습니다.
夏天時，比起長褲更喜歡穿短褲。

반지

(半指) 戒指 名

남자 친구가 수미 씨에게 **반지**를 선물했습니다.
秀美小姐的男朋友送了她一枚戒指。

반찬

(飯饌) 小菜 名

어머니께서 제가 먹을 **반찬**을 만들어 주셨습니다.
母親做了我要吃的小菜給我。

받다

[받따]

接收 動

오늘 친구한테서 생일 선물을 **받았습**니다.
今天從朋友那邊收到了生日禮物。

발

腳 名

등산을 오래 해서 **발**이 많이 부었습니다.
因為登山走了太久，腳腫得很厲害。

발가락

[발까락]

腳趾 名

운동을 할 때 **발가락**을 삐었습니다.
運動的時候扭到腳趾頭了。

□ 발음 (發音) 發音 名

[바름]

마이클 씨는 한국어 **발음**도 좋고 말하기도 잘합니다.

麥克先生韓語的發音很好，口說也很好。

□ 발표 (發表) 發表 名

내일 제일 첫 번째로 **발표**를 해야 돼서 조금 떨립니다.

我明天要第一個發表，所以有點緊張。

□ 밝다 明亮的 形

[박따]

이것보다 더 **밝은** 색으로 보여주세요.

請給我看比這個更亮的顏色。

□ 밤 夜晚 名

낮보다 **밤**에 공부가 더 잘되는 것 같습니다.

比起白天，晚上念書好像可以念得更好。

□ 밥 飯 名

다음에 우리 **밥** 한번 같이 먹을까요?

下次我們要不要一起吃個飯？

□ 방 (房) 房間 名

와! **방**이 참 넓어요!

哇！房間好寬敞喔！

방법

（方法） 方法 名

이것보다 더 좋은 **방법**이 있을까요?

有比這個更好的方法嗎？

방송

（放送） 播放、播送 名

라디오 **방송**을 들으면 한국 노래를 많이 알 수 있습니다.

聽電台廣播就可以知道很多韓國歌。

방송국

（放送局） 電視台 名

좋아하는 연예인을 보려고 **방송국**에 놀러 갔습니다.

想要去看喜歡的藝人，所以去了電視台玩。

방학

（放學） 放假（寒、暑假） 名

이번 **방학**에 친구들과 한국에 놀러 가기로 했습니다.

這次放假決定和朋友們去韓國玩了。

배

肚子 名

밥을 많이 먹어서 **배**가 좀 나왔습니다.

飯吃太多，所以肚子有點凸出來了。

배

船 名

일본까지 **배**를 타고 갔습니다.

坐船到日本去了。

배

梨 名

한국 **배**는 크고 달아서 맛있습니다.

韓國水梨又大又甜，很好吃。

배고프다

肚子餓的 形

배고픈데 밥 먹고 합시다.

肚子餓了，先吃飯再做吧。

배구

（排球）

排球 名

나는 농구보다 **배구**가 더 재미있습니다.

我覺得排球比籃球更有趣。

배달

（配達）

外送 名

여기 짜장면 두 그릇 좀 **배달**해 주세요.

請幫我外送二碗炸醬麵。

배부르다

肚子飽的 形

배불러서 자꾸 잠이 옵니다.

吃飽了一直想睡覺。

배우

（俳優）

演員 名

민수 씨는 **배우**처럼 멋있고 키가 큽니다.

明秀先生像演員一樣，又帥又高。

배우다 （向別人）學 動

한국어를 **배운** 지 얼마나 되셨습니까?
韓語學多久了？

배탈 吃壞肚子、拉肚子 名

어제 **배탈**이 나서 아무것도 못 먹었습니다.
昨天因為拉肚子，所以什麼都沒辦法吃。

백 (百) 一百 數

라면하고 김밥, 모두 오천 팔**백** 원입니다.
泡麵和海苔飯捲，總共五千八百元。

백화점 [배콰점] (百貨店) 百貨公司 名

시간이 좀 남았는데 근처 **백화점**에서 쇼핑할까요?
還有一點時間，我們去附近的百貨公司購物好嗎？

버리다 丟棄、丟 動

쓰레기는 쓰레기통에 **버리세요**.
垃圾請丟到垃圾桶。

버스 (bus) 公車 名

실례지만, 여기 인사동에 가는 **버스**가 있어요?
不好意思，請問這裡有到仁寺洞的公車嗎？

ㅂ

□ 번

（番） ～次 名

한국에 몇 **번** 가 보셨습니까?

您去過幾次韓國？

□ 번호

（番號） 號碼 名

민수 씨 전화**번호**가 몇 번이지요?

明秀先生的電話號碼是幾號呢？

□ 벌다

賺 動

이 일은 힘들지만 돈을 많이 **벌** 수 있습니다.

這份工作雖然辛苦，但是可以賺很多錢。

□ 벌써

已經 副

벌써 10월이 되었군요.

已經10月了呢。

□ 벗다

[벋따]

脫掉 動

신발을 **벗고** 들어오십시오.

請先脫鞋後再進來。

□ 벚꽃

[벋꼳]

櫻花 名

이번 봄에는 **벚꽃** 구경을 꼭 가려고 합니다.

這個春天一定要去欣賞櫻花。

☐ 베이징

(Beijing) 北京 名

베이징에서 본 만리장성이 인상적이었습니다.

在北京看到的萬里長城，真是令人印象深刻。

☐ 베트남

(Vietnam) 越南 名

베트남 음식은 한국 사람 입에도 잘 맞는 편입니다.

越南食物也算是很合韓國人的口味。

☐ 벽

(壁) 牆壁 名

벽에 가족 사진이 걸려 있습니다.

牆壁上掛著家族照片。

☐ 변호사

(辯護士) 律師 名

변호사가 되려고 법학을 전공하고 있습니다.

為了成為律師，所以主修法學。

☐ 별

星星 名

제 고향에서는 하늘의 **별**이 잘 보입니다.

在我的故鄉，可以很清楚地看見天上的星星。

☐ 별로

(別-) 不太、不怎麼樣 副

매운 음식은 **별로** 안 좋아합니다.

不太喜歡辣的食物。

병 (瓶) ～瓶 名

콜라 한 **병**에 얼마입니까?
可樂一瓶多少錢？

병 (病) 病 名

음식을 아무거나 먹으면 **병**에 걸릴 수 있으니까 조심하세요.
亂吃東西的話，可能會生病，所以請小心。

병원 (病院) 醫院 名

약을 사 먹기 전에 **병원**에 먼저 가 보는 것이 어떻습니까?
買藥吃之前，先去醫院看看如何？

보내다 寄、傳 動

우체국에 가서 편지를 **보냈습니다**.
去郵局把信寄出去了。

보다 看 動

저는 한국 드라마를 **보는** 것을 좋아합니다.
我喜歡看韓國電視劇。

보이다 看見 動

여기에서 왼쪽으로 돌아가면 편의점이 **보입니다**.
從這裡往左轉，就可以看見便利商店。

☐ 보통

(普通) 通常 副 名

주말에는 **보통** 집에서 쉬거나 영화를 봅니다.

週末時通常會在家休息或是看電影。

☐ 복숭아

桃子 名

[복쑹아]

여름에는 **복숭아**가 달고 맛있습니다.

夏天時桃子又甜又好吃。

☐ 복잡하다

(複雜 - -) 複雜的 形

[복짜파다]

출퇴근 시간에는 교통이 **복잡합니다**.

上下班時間交通比較亂。

☐ 볶다

炒 動

[복따]

김치와 밥을 **볶으면** 김치볶음밥이 됩니다.

辛奇（韓國泡菜）和飯炒的話，就會變成辛奇炒飯（韓國泡菜炒飯）。

☐ 볶음밥

炒飯 名

[보끔밥]

주말에 집에서 **볶음밥**을 만들어서 먹었습니다.

週末在家做炒飯吃了。

☐ 볼펜

(ball pen) 原子筆 名

연필 말고 **볼펜**으로 써 주세요.

不要用鉛筆，請用原子筆寫。

봄
春天 名

사람들은 **봄**이 되면 꽃구경을 하러 갑니다.
每到春天，人們會去賞花。

봉지
（封紙） 袋子 名

슈퍼마켓에서 과자 한 **봉지**를 샀습니다.
在超市買了一袋餅乾。

봉투
（封套） 信封、袋子 名

편지를 **봉투**에 넣어서 우표를 붙여 주세요.
請將信紙放入信封，並貼上郵票。

뵙다
[뵙따]
【敬語】（與長輩）見面 動

고향에 내려가서 할머니를 **뵙고** 싶습니다.
想回鄉下看看奶奶。

부동산
（不動產） 不動產 名

이사할 집을 구하려고 **부동산**에 가서 알아보았습니다.
想要找房子搬家，所以去了不動產公司詢問。

부드럽다
[부드럽따]
溫柔的 形

이 가수는 목소리가 정말 **부드럽습니다**.
這位歌手的聲音真的很溫柔。

부르다

唱、叫 動

기분이 좋아서 노래를 **부르면서** 춤을 췄습니다.

因為心情好，所以唱了歌又跳了舞。

부모

(父母) 父母 名

부모님이 계시고 형이 한 명 있습니다.

有父母和一位哥哥。

부부

(夫婦) 夫婦 名

미경 씨와 우진 씨는 결혼을 하고 **부부**가 되었습니다.

美京小姐和佑振先生結婚成為了夫婦。

부산

(釜山) 釜山 名

부산은 아름다운 바다로 유명한 도시입니다.

釜山是以美麗海邊而有名的都市。

부엌

[부억]

廚房 名

새집은 **부엌**이 크고 넓었으면 좋겠습니다.

新家廚房如果又大又寬就好了。

부인

(夫人) 夫人 名

부인과는 어떻게 만나게 되셨습니까?

和尊夫人是如何認識的呢？

부지런하다

勤勞的 形

민수 씨는 일도 열심히 하고 참 **부지런합니다**.

明秀先生工作也很認真，真是勤勞。

부치다

寄 動

미국에 소포를 **부치려고** 합니다.

想要寄包裹到美國。

부탁

(付託) 請求、拜託 名

미나 씨는 영진 씨에게 컴퓨터 수리를 **부탁**하려고 전화했습니다.

美娜小姐想拜託永真先生修理電腦，所以打了電話給他。

북

鼓 名

저는 시간이 있을 때 기타나 **북**을 칩니다.

我有時間的時候，會彈吉他或打鼓。

북쪽

(北-) 北邊、北方 名

북쪽에 있는 나라들은 대체로 남쪽보다 기온이 낮습니다.

北方的國家一般來說比南方國家氣溫還要低。

분

～位 名

오늘 회사에 손님 두 **분**이 찾아오셨습니다.

今天有二位客人來公司了。

분

(分) ~分 名

내일 오후 한 시 삼십 **분**에 만납시다.

明天下午一點三十分見吧。

분위기

[부뉘기]

(雰圍氣) 氣氛 名

제주도에는 **분위기**가 좋은 커피숍이 정말 많습니다.

濟州島上真的有很多氣氛好的咖啡廳。

불

火 名

잘못하면 **불**이 날 수 있으니까 조심하세요.

弄不好的話，可能會發生火災，所以請小心一點。

불고기

烤肉 名

불고기는 외국 사람들도 좋아하는 한국 음식입니다.

烤肉是外國人也很喜歡的韓國食物。

불다

颳（風）、吹 動

밖에 바람이 많이 **부니까** 따뜻한 옷을 입으세요.

外面風颳得很大，請穿暖和一點的衣服。

붓다

[붇따]

腫 動

자기 전에 라면을 먹어서 얼굴이 많이 **부었습니다**.

睡前吃了泡麵，所以臉變得好腫。

붙다
黏貼 動

[붙따]

벽에 가족 사진이 **붙어** 있습니다.
牆上貼著家族照片。

붙이다
貼上 動

[부치다]

편지 봉투에 편지를 넣고 우표를 **붙였습니다**.
把信放入信封，然後貼了郵票。

브라질
(Brazil) 巴西 名

브라질에 여행 갔을 때 본 폭포가 인상적이었습니다.
去巴西旅行的時候看到的瀑布，令人印象深刻。

블라우스
(blouse) 女用襯衫、罩衫 名

오늘 수미 씨는 하얀색 **블라우스**를 입고 있습니다.
今天秀美小姐穿著白色的女用襯衫。

비
雨 名

내일은 하루 종일 **비**가 오겠습니다.
明天會下一整天的雨。

비누
肥皂 名

식사하기 전에 **비누**로 손을 깨끗이 씻으세요.
吃飯前，請先用肥皂把手洗乾淨。

☐ 비디오
(video) 影片；錄影帶 名

이곳에서 사진이나 **비디오** 촬영을 하시면 안 됩니다.
這裡不可以拍照或錄影。

☐ 비밀
(秘密) 祕密 名

이건 **비밀**이니까 꼭 지켜 주세요.
這是祕密，請一定要保密。

☐ 비빔밥
[비빔빱]
拌飯 名

저는 한국 음식을 좋아해서 **비빔밥**을 자주 먹습니다.
我喜歡韓國食物，所以常常吃拌飯。

☐ 비슷하다
[비스타다]
差不多的、相似的 形

영준 씨와 민호 씨는 키가 **비슷합니다**.
永俊先生和敏鎬先生的身高差不多。

☐ 비싸다
貴的 形

그 커피숍은 값은 좀 **비싸지만** 조용해서 좋습니다.
那間咖啡店的價格雖然比較貴，但因為很安靜所以還不錯。

☐ 비행기
(飛行機) 飛機 名

서울까지 **비행기**를 타고 가면 두 시간쯤 걸립니다.
搭飛機到首爾的話，大約要花二個小時。

ㅂ

☐ 빌딩

(building) 大樓 名

높은 **빌딩**이 많은 홍콩은 멋진 야경으로 유명합니다.
擁有許多高樓的香港以漂亮的夜景著稱。

☐ 빌리다

借 動

오늘 지갑을 안 가지고 왔는데 돈 좀 **빌려** 주세요.
今天沒帶錢包來，所以請借我一些錢。

☐ 빠르다

快的 形

거기까지 가려면 버스보다 지하철이 더 **빠를** 거예요.
想去那裡的話，地鐵比公車更快。

☐ 빨간색

(－－色) 紅色 名

파란색 말고 **빨간색** 스웨터를 사고 싶습니다.
想買紅色而不是藍色的毛衣。

☐ 빨갛다

[빨가타]

紅的 形

부끄러워서 얼굴이 **빨개졌습니다**.
因為不好意思，所以臉變紅了。

☐ 빨다

洗、洗滌 動

이불이 더러워져서 **빨았습니다**.
棉被變髒，所以拿去洗了。

빨래

洗衣服、洗的衣服 名

집에서 쉴 때는 **빨래**나 청소를 하면서 시간을 보냅니다.

在家休息的時候，會洗衣或打掃消磨時間。

빨리

趕快 副

약속에 늦었기 때문에 **빨리** 가야 합니다.

約會遲到了，所以要趕快過去。

빵

麵包 名

빵을 만드는 것은 사실 별로 어렵지 않습니다.

製作麵包其實並不難。

빵집

[빵찝]

麵包店 名

오늘은 동생 생일이라서 **빵집**에서 케이크를 샀습니다.

今天是弟弟 / 妹妹的生日，所以去麵包店買了蛋糕。

빼다

拿掉、除去、減 動

시계를 먼저 풀고 반지를 **뺐습니다**.

先解開手錶，然後把戒指拿下來了。

ㅂ

ㅅ

사
(四) 四 數

지금은 두 시 **사** 분입니다.
現在是二點四分。

사거리
(四 - -) 十字路口 名

사거리를 건너가면 지하철역이 있습니다.
穿過十字路口的話，就有地鐵站。

사계절
(四季節) 四季 名

한국에는 봄, 여름, 가을, 겨울 **사계절**이 있습니다.
韓國有春、夏、秋、冬四個季節。

사고
(事故) 事故 名

교통**사고**가 나서 길이 많이 막힙니다.
因為發生交通事故，所以路上很塞。

사과
(沙果 / 砂果) 蘋果 名

천오백 원짜리 **사과**를 다섯 개 샀습니다.
一顆一千五百元的蘋果共買了五顆。

사다
買 動

오늘 백화점에서 예쁜 티셔츠를 한 벌 **샀습니다**.
今天在百貨公司買了一件漂亮的T恤。

사람

人 名

관광지로 유명한 곳은 **사람**이 많고 복잡합니다.

以觀光景點著名的地方，人很多也很複雜。

사랑하다

愛 動

사랑하는 선생님, 그동안 잘 지내셨습니까?

親愛的老師，近來是否安好？

사무실

(事務室) 辦公室 名

새로 이사한 집이 **사무실**과 가까워서 좋습니다.

剛搬的新家離辦公室很近，所以不錯。

사물

(事物) 事物、東西 名

그림을 그릴 때는 **사물**을 자세하게 보는 것이 중요합니다.

畫畫的時候，仔細地觀察事物是很重要的。

사십

(四十) 四十 數

수원은 서울에서 **사십** 킬로미터쯤 떨어져 있습니다.

水原在距離首爾大約四十公里處。

사업가

[사업까]

(事業家) 企業家 名

졸업 후에 **사업가**가 되고 싶어서 경영학을 전공하고 있습니다.

因為畢業後想成為企業家，所以現正主修經營學。

ㅅ

사용하다 (使用 - -) 使用 動

한국 사람들은 숟가락을 **사용해서** 밥을 먹습니다.
韓國人使用湯匙吃飯。

사원 (寺院) 寺院 名

태국의 멋있는 **사원**들이 정말 인상적이었습니다.
泰國華美的寺院真是令人印象深刻。

사월 (四月) 四月 名

사월에는 길마다 꽃이 많이 피어 있습니다.
四月的時候，每條路上都開滿了花。

사이 之間、中間 名

은행은 백화점과 우체국 **사이**에 있습니다.
銀行在百貨公司與郵局中間。

사이다 (cider) 汽水 名

콜라나 **사이다** 같은 시원한 음료수도 있습니까?
也有像可樂或汽水一樣清涼的飲料嗎？

사이즈 (size) 尺寸 名
[싸이즈]

이 치마는 **사이즈**가 잘 맞아서 아주 편합니다.
這件裙子的尺寸剛剛好，（穿起來）很舒服。

□ **사인하다** (sign - -) 簽名 動

[싸인하다]

계약서에 **사인했습니다.**

在合約書上簽名了。

□ **사장** (社長) 老闆、社長 名

회사에서 **사장**님한테 혼이 나서 많이 속상합니다.

在公司被老闆訓了一頓，很傷心。

□ **사전** (辭典) 字典 名

모르는 단어가 나오면 직접 **사전**을 찾아봅니다.

如果出現不懂的單字，會直接查字典。

□ **사진** (寫眞) 照片 名

미나 씨는 주말에 보통 **사진**을 찍으러 갑니다.

美娜小姐週末時通常會去拍照。

□ **사진기** (寫眞機) 照相機 名

휴대폰이 있으니까 **사진기**는 필요 없을 것 같아요.

因為有手機，所以好像不太需要照相機。

□ **사촌** (四寸) 堂兄弟姊妹 名

이번 명절에는 **사촌**들과 오랜만에 즐거운 시간을 보냈습니다.

這次的節日難得和堂兄弟姊妹們度過了愉快的時間。

□ 사탕

(沙糖 / 砂糖) 糖果 名

약을 드신 후에 이 **사탕**을 드세요.
服藥後請吃這顆糖果。

□ 사흘

三天 名

여행을 가려고 **사흘** 정도 휴가를 냈습니다.
想要去旅行，所以請了三天左右的假。

□ 산

(山) 山 名

휴가철에는 **산**이나 바다에 놀러 가는 사람들이 많습니다.
休假時，去山上或是海邊玩的人很多。

□ 산책

(散策) 散步 名

날씨가 좋을 때는 공원에 가서 **산책**을 자주 하는 편입니다.
天氣好的時候，算是常常會去公園散步。

□ 살

～歲 名

저는 스무 **살**에 대학교에 입학했습니다.
我二十歲的時候進大學。

□ 살다

住 動

지금 **사는** 곳이 어디예요?
現在住的地方在哪裡呢？

삼
(三) 三 數

삼에 오를 더하면 팔입니다.
三再加五就是八。

삼거리
(三 - -) 三岔路 名

저기 **삼거리**에서 오른쪽으로 가면 병원이 보일 겁니다.
從那邊三岔路口往右走，就可以看見醫院。

삼계탕
[삼게탕]
(蔘鷄湯) 參雞湯 名

한국 사람들은 더운 여름에 **삼계탕**을 먹습니다.
韓國人在炎熱的夏天吃參雞湯。

삼십
(三十) 三十 數

삼십 분 동안 발표를 했습니다.
發表了三十分鐘。

삼월
[사뭘]
(三月) 三月 名

삼월에도 저녁에는 좀 추우니까 외투를 가지고 가세요.
即使是三月，傍晚也還是有點冷，所以請攜帶外套前往。

삼촌
(三寸) 叔叔 名

저희 아버지와 **삼촌**은 정말 많이 닮으셨습니다.
我父親和叔叔真的長得很像。

☐ 상자

(箱子) 箱子 名

이 약을 저기 **상자** 안에 좀 넣어 주시겠어요?

可以把這個藥放進那邊的箱子裡嗎？

☐ 상처

(傷處) 傷口 名

상처에 연고를 바르면 금방 나을 겁니다.

在傷口上擦些軟膏的話，很快就會好了。

☐ 상품

(商品) 商品 名

요즘 할인 행사 중이라서 **상품**들을 싸게 살 수 있습니다.

最近有特價活動，所以可以很便宜地買到商品。

☐ 새

鳥 名

아침마다 **새**소리가 들립니다.

每天早上都聽到鳥叫聲。

☐ 새

新 冠

새 기분으로 일을 시작합니다.

以嶄新的心情開始工作。

☐ 새로

新 副

새로 개업한 식당에 가서 식사를 했습니다.

去新開的餐廳吃了飯。

☐ 새벽

凌晨 名

회식이 끝나고 **새벽**에 집에 돌아왔습니다.

聚餐結束後，凌晨回到家了。

☐ 새우

蝦子 名

해물파전을 만들 때 **새우**를 넣으면 맛있습니다.

製作海鮮煎餅時，放入蝦子的話會很好吃。

☐ 색

(色) 顏色 名

수미 씨는 밝은 **색**보다 어두운 **색**의 옷이 많습니다.

秀美小姐的深色衣服比明亮色衣服多。

☐ 색깔

(色 -) 顏色 名

단풍잎의 **색깔**이 너무 아름답습니다.

楓葉的顏色太美麗。

☐ 샌드위치

(sandwich) 三明治 名

아침에는 주로 **샌드위치**를 먹습니다.

早餐主要是吃三明治。

☐ 생각

想法、考慮 名

나의 **생각**과 느낌을 글로 썼습니다.

把我的想法及感覺寫成了文章。

ㅅ

생기다 產生、出現、有 動

우리 집 근처에 높은 빌딩이 **생겼습니다**.
我們家附近出現了（新建了）一棟很高的建築物。

생선 （生鮮） （可食用之新鮮的）魚 名

아버지께서는 고기보다 **생선**을 더 좋아하십니다.
和肉比起來，父親更喜歡吃魚。

생신 （生辰） 【敬語】生辰 名

오늘 할아버지 **생신**이라서 할아버지 댁에 다녀왔습니다.
今天是爺爺的生日，所以去了一趟爺爺家。

생일 （生日） 生日 名

어제는 친구 **생일**이라서 파티에 가서 축하해 주었습니다.
昨天是朋友的生日，所以去了派對祝賀他。

생활 （生活） 生活 名

한국 **생활**은 조금 힘들지만 재미있는 일이 많아서 즐겁습니다.
韓國生活雖然有點辛苦，但是有很多有趣的事情，所以蠻愉快的。

샤워하다 （shower - -） 洗澡 動

샤워한 후에 곧바로 잠을 잤습니다.
洗澡後就直接去睡覺了。

☐ 샴푸

(shampoo) 洗髮精 名

샴푸로 머리를 감았습니다.

用洗髮精洗了頭髮。

☐ 서다

站立 動

한 시간 동안 **서서** 왔습니다.

站了一個小時過來。

☐ 서로

彼此、互相 副

혹시 **서로** 아는 사이입니까?

請問你們彼此認識嗎？

☐ 서류

(書類) 文件 名

오늘은 내일 회의에 필요한 **서류**를 준비해야 합니다.

今天應該要準備明天會議時需要的文件。

☐ 서른

三十 數

회사 전체 직원 수가 **서른** 명입니다.

公司全部的員工人數總共有三十名。

☐ 서비스

[써비쓰]

(service) 服務 名

그 호텔은 **서비스**도 좋고 깨끗해서 추천하고 싶습니다.

那間飯店服務也好又乾淨，所以想推薦給你。

서양
(西洋) 西方、西洋 名

이 영화를 보고 **서양**의 역사를 이해할 수 있어서 좋았습니다.
看這部電影可以了解西方歷史，滿好的。

서울
首爾 名

다음에 **서울**에 놀러 가면 남산에 꼭 가 볼 거예요.
下次去首爾玩時，我一定要去南山看看。

서울역
[서울력]

(- -驛) 首爾站 名

여기에서 **서울역**까지 어떻게 가는 것이 좋습니까?
從這裡到首爾站要怎麼去比較好呢？

서점
(書店) 書店 名

오늘 오후에 **서점**에 가서 책을 좀 사려고 합니다.
今天下午打算去書店買書。

서쪽
(西 -) 西邊 名

인천은 서울에서 **서쪽**으로 30킬로미터쯤 떨어져 있습니다.
仁川在距離首爾西邊約30公里處。

선물
(膳物) 禮物 名

내일 친구 생일인데, 무슨 **선물**이 좋을까요?
明天是朋友生日，（送他）什麼禮物比較好呢？

선배

（先輩） 學長、學姐 名

길에서 오랜만에 학교 **선배**를 만났습니다.

難得在路上遇到了學校學長 / 學姐。

선생님

（先生 - ） 老師 名

오늘 숙제를 안 해서 **선생님**한테 혼이 났습니다.

今天沒有寫作業，所以被老師罵了。

선수

（選手） 選手 名

영진 씨는 축구 **선수**처럼 축구를 잘합니다.

永真先生就像是足球選手一樣，足球踢得非常好。

선택하다

[선태카다]

（選擇 - - ） 選擇 動

마음에 드는 색깔을 **선택하세요**.

請選擇喜歡的顏色。

선풍기

（扇風機） 電風扇 名

여름에는 날씨가 더워서 **선풍기**가 없으면 안 됩니다.

夏天時天氣很熱，沒有電風扇的話不行。

설거지

洗碗、要洗的碗 名

설거지는 제가 할 테니까 수미 씨가 방 청소를 해 주세요.

碗我來洗，所以請秀美小姐妳來打掃房間。

설날 春節、過年 名

[설랄]

한국 사람들은 **설날**에 가족들과 떡국을 먹습니다.
韓國人在春節時，會和家人們一起吃年糕湯。

설렁탕 (－－湯) 雪濃湯 名

피곤할 때 **설렁탕**을 먹으면 힘이 생기는 것 같습니다.
累的時候吃雪濃湯的話，好像就會有體力。

설명하다 (說明－－) 說明 動

좀 더 자세히 **설명해** 주시겠습니까?
請問可以再仔細地說明一下嗎？

설악산 (雪嶽山) 雪嶽山 名

[서락싼]

설악산은 경치가 좋고 공기도 맑습니다.
雪嶽山的風景很漂亮，空氣也很清新。

설탕 (雪糖／屑糖) 糖 名

커피가 많이 쓰니까 **설탕**을 조금 넣어 드세요.
咖啡太苦了，請加一些糖再飲用。

섬 島嶼 名

제주도는 경치가 정말 아름다운 **섬**입니다.
濟州島真是一個風景優美的島嶼。

성

(姓) 姓氏 名

성은 김, 이름은 영민입니다.
我姓金，名叫永明。

성격

[성껵]

(性格) 性格、個性 名

저는 **성격**이 좋고 체격이 큰 사람이 좋습니다.
我喜歡個性好、體格高大的人。

성함

(姓銜) 【敬語】尊姓大名 名

실례지만 **성함**이 어떻게 되십니까?
不好意思，請問尊姓大名。

세

(歲) ～歲 名

18**세** 미만은 입장할 수 없습니다.
未滿18歲不能入場。

세

三 冠

친구 **세** 명이 와서 이사를 도와주었습니다.
有三位朋友來幫忙搬了家。

세계

[세게]

(世界) 世界 名

돈을 모은 후에 **세계** 여행을 가는 것이 제 꿈입니다.
存了錢之後去世界旅行是我的夢想。

ㅅ

☐ 세수하다

（洗手－－） 洗臉 動

세수하고 나서 이를 닦습니다.

洗臉後刷牙。

☐ 세우다

建立、做（計畫） 動

새해에는 보통 새로운 목표와 계획을 **세웁니다**.

新年時，通常會建立新的目標和計畫。

☐ 세일하다

（sale－－） 打折 動

세일해서 싸게 샀습니다.

因為有打折，所以很便宜地買到了。

☐ 세탁기

[세탁끼]

（洗濯機） 洗衣機 名

기숙사에서는 밤에 **세탁기**를 사용하면 안 됩니다.

在宿舍晚上不可以使用洗衣機。

☐ 세탁소

[세탁쏘]

（洗濯所） 洗衣店 名

오후에 옷을 찾으러 **세탁소**에 갔습니다.

下午去了洗衣店拿衣服。

☐ 센터

（center） 中心、機構 名

미나 씨는 매주 수요일에 운동 **센터**에서 운동을 합니다.

美娜小姐每個星期三去運動中心運動。

☐ 센티미터

(centimeter) ～公分 名

제 동생의 키는 180**센티미터**입니다.
我弟弟的身高180公分。

☐ 셋

三 數

[섿]

친구 **셋**이 모여서 이야기를 했습니다.
三個朋友聚在一起聊了天。

☐ 셋째

第三 冠

[섿째]

저는 네 형제 중에서 **셋째**로 태어났습니다.
我在四個兄弟中出生排行老三。

☐ 소

牛 名

지훈 씨는 정말 **소**처럼 열심히 일합니다.
志勳先生真的就像牛一樣，非常認真地工作。

☐ 소개

(紹介) 介紹 名

린다 씨와 영진 씨는 친구의 **소개**로 만났습니다.
琳達小姐和永真先生是透過朋友介紹認識的。

☐ 소고기

牛肉 名

불고기는 **소고기**로 만듭니다.
烤肉是用牛肉做的。

ㅅ

소금

鹽巴 名

싱거우면 **소금**을 더 넣으세요.
(覺得)清淡的話，請再加些鹽巴。

소리

聲音 名

옆집에서 피아노 치는 **소리**가 들리는 것 같아요.
好像有聽到隔壁房子裡在彈鋼琴的聲音。

소설

(小說) 小說 名

제 취미는 **소설**을 읽는 것입니다.
我的興趣是讀小說。

소설가

(小說家) 小說家 名

저는 **소설가**가 되는 것이 꿈입니다.
我的夢想是成為小說家。

소식

(消息) 消息 名

고향 친구에게 이메일로 **소식**을 전했습니다.
寄電子郵件向故鄉朋友傳達消息了。

소파

(sofa) 沙發 名

금방 돌아올 테니까 **소파**에 앉아서 잠시만 기다려 주세요.
馬上就會回來，所以請坐在沙發上等一下。

□ 소포

(小包) 包裹 名

한국 친구에게 **소포**를 보내려고 하는데요.
想要寄包裹給韓國朋友。

□ 소풍

(逍風) 踏青 名

이번 주말에는 가족들과 **소풍**을 가기로 했습니다.
決定這個週末要和家人去踏青。

□ 소화제

(消化劑) 消化劑（胃藥） 名

오후에 소화가 안 되어서 **소화제**를 사 먹었습니다.
下午消化不良，所以去買了消化劑（胃藥）來吃。

□ 속

裡面；內心；肚子 名

주머니 **속**에서 돈을 꺼냈습니다.
從口袋裡拿出了錢。

□ 손

手 名

손이 시려서 장갑을 끼었습니다.
手很凍，所以戴了手套。

□ 손가락

[손까락]

手指 名

저는 **손가락**이 가늘고 긴 편입니다.
我的手指算是又細又長。

ㅅ

☐ 손님

客人 名

손님이 오시기 전에 집 청소를 해야 합니다.
客人來之前，應該要先打掃家裡。

☐ 손수건
[손쑤건]

(-手巾) 手帕 名

손수건으로 땀을 닦았습니다.
用手帕擦了汗。

☐ 송이

朵 名

좋아하는 사람에게 고백을 하려고 장미꽃 백 **송이**를 샀습니다.
想要向喜歡的人告白，所以買了一百朵玫瑰花。

☐ 쇼핑하다

(shopping - -) 購物 動

저는 요즘 주로 인터넷으로 **쇼핑합니다**.
我最近主要都用網路購物。

☐ 수건

(手巾) 毛巾 名

거울 옆에 **수건**이 걸려 있습니다.
鏡子旁邊掛著毛巾。

☐ 수도

(首都) 首都 名

한국의 **수도**는 서울이고, 대만의 **수도**는 타이베이입니다.
韓國的首都是首爾，臺灣的首都是臺北。

□ 수돗물
(水道 -) 自來水 名

[수돈물]

수돗물을 그냥 마시지 말고 꼭 끓여서 마시세요.
自來水不要直接喝，請一定要煮開後飲用。

□ 수박
西瓜 名

수박 한 통하고 참외 세 개 주세요.
請給我一顆西瓜和三個香瓜。

□ 수술하다
(手術 - -) 動手術 動

수술하기 위해서 병원에 입원했습니다.
為了動手術，住院了。

□ 수업
(授業) 課 名

내일 오전 아홉 시부터 열한 시까지 **수업**이 있습니다.
明天早上從九點到十一點有課。

□ 수영
(水泳) 游泳 名

저는 **수영**을 잘 못 해서 바다보다 산이 좋습니다.
我不太會游泳，所以比起海邊我更喜歡山。

□ 수영복
(水泳服) 泳衣 名

수영을 하기 위해서 **수영복**을 샀습니다.
為了去游泳，所以買了泳衣。

ㅅ

수영장
(水泳場) 游泳池 名

수영장에 수영을 배우러 갑니다.
去游泳池學游泳。

수요일
(水曜日) 星期三 名

수요일마다 한국어 수업이 있습니다.
每個星期三有韓語課。

수저
湯匙與筷子 名

한국에서는 식사할 때 **수저**가 필요합니다.
在韓國吃飯的時候需要湯匙與筷子。

수첩
(手帖) 手冊、記事本 名

저는 언제나 **수첩**에 메모를 합니다.
我總是會在記事本上做筆記。

수학
(數學) 數學 名

고등학교 때 **수학**을 가장 좋아했습니다.
高中時最喜歡數學了。

숙제
[숙쩨]
(宿題) 作業 名

숙제는 집에서 해야 합니다.
作業應該要在家裡做。

순서

(順序) 順序 名

순서대로 입장하시기 바랍니다.

請按照順序進場。

숟가락

[숟까락]

湯匙 名

숟가락으로 국을 먹습니다.

用湯匙喝湯。

술

酒 名

같이 **술** 한잔 합시다.

一起喝杯酒吧。

쉬다

休息 動

주말에 집에서 푹 **쉬었습니다**.

週末在家充分地休息了。

쉰

五十 數

어머니께서 내년이면 벌써 **쉰**이십니다.

母親明年就五十歲了。

쉽다

[쉽따]

容易的 形

적어 놓지 않으면 잊어버리기 **쉽습니다**.

沒有寫下來的話，很容易忘光光。

ㅅ

슈퍼마켓
[슈퍼마켄]

(supermarket) 超市 名

집 앞에 **슈퍼마켓**이 있습니다.
家前面有超市。

스물

二十 數

그는 **스물**두 살에 결혼을 했습니다.
他在二十二歲的時候結婚了。

스웨터

(sweater) 毛衣 名

겨울에 **스웨터**를 입으면 따뜻합니다.
冬天穿毛衣很暖和。

스케이트

(skate) 溜冰 名

스케이트를 탈 수 있으면 좋겠습니다.
要是可以溜冰的話該有多好。

스키

(ski) 滑雪 名

친구들과 스키장에 **스키**를 타러 갈 계획입니다.
計畫和朋友們去滑雪場滑雪。

스키장

(ski場) 滑雪場 名

겨울에는 **스키장**을 찾는 사람이 많습니다.
冬天去滑雪場的人很多。

스타킹

(stocking) 絲襪 名

오늘은 검은색 **스타킹**을 신었습니다.
今天穿了黑色絲襪。

스트레스

(stress) 壓力 名

여러분은 **스트레스**를 어떻게 풉니까?
請問各位是如何紓解壓力的呢？

스페인어

[스페이너]

(Spain語) 西班牙語 名

지금 **스페인어**를 배우고 있습니다.
現在正在學西班牙語。

스포츠

(sports) 運動 名

가장 좋아하는 **스포츠**는 테니스입니다.
最喜歡的運動是網球。

슬퍼하다

難過、悲傷 動

다음에도 기회가 있으니까 너무 **슬퍼하지** 마세요.
下次還有機會，請不要太難過。

슬프다

難過的 形

어머니는 내가 **슬플** 때마다 위로해 주셨습니다.
母親在我每次難過的時候都會安慰我。

ㅅ

습관

[습꽌]

(習慣) 習慣 名

좋은 **습관**을 기르기 위해 노력합니다.
為了養成好習慣而努力。

시

(市) 市 名

내 친구는 모두 서울**시**에 삽니다.
我的朋友都住在首爾市。

시

(時) ～點 名

친구와 오후 두 **시**에 홍대입구역에서 만나기로 했습니다.
和朋友約好下午二點在弘大入口站碰面。

시간

(時間) 時間 名

시간이 없으니까 서두르십시오.
沒有時間了，請快一點。

시간

(時間) ～小時 名

한 **시간** 동안 친구를 기다렸습니다.
等了朋友一個小時。

시간표

(時間表) 時間表 名

영화 **시간표**를 보고 예약했습니다.
看了一下電影時間表，然後預約了。

시계
(時計) 手錶、時鐘 名

[시게]

시계를 선물로 받았습니다.
收到了手錶禮物。

시골
鄉下 名

시골에 내려가서 설을 보냈습니다.
回去鄉下過年了。

시끄럽다
吵雜的 形

[시끄럽따]

시끄러운 소리에 잠이 깼습니다.
被很吵的聲音吵醒了。

시내
(市內) 市區 名

친구와 **시내**에서 만나기로 했습니다.
和朋友約好在市區碰面。

시다
酸的 形

우리 엄마는 **신** 과일을 좋아하십니다.
我的媽媽喜歡酸的水果。

시디
(CD) CD 名

시디를 들으면서 한국어 공부를 합니다.
邊聽CD邊學韓語。

시민

(市民) 市民 名

광장에 **시민**들이 모여 있습니다.
市民們聚集在廣場上。

시설

(施設) 設施 名

이 공원에는 여러 **시설**들이 있습니다.
這個公園有許多設施。

시외

(市外) 市外 名

주말에 바람을 쐬러 **시외**로 나갔습니다.
週末去了市區外兜風。

시원하다

涼快的 形

가을이 돼서 날씨가 **시원합니다**.
秋天到了，天氣涼爽。

시월

(漢字語「十月」的俗音) 十月 名

시월에 가을 분위기가 한창입니다.
十月是秋意正濃的時候。

시작

(始作) 開始 名

모든 일은 **시작**이 중요합니다.
所有事情的「開始」都是很重要的。

시장

(市場) 市場 名

아침마다 **시장**에 가서 장을 봅니다.

每天早上去市場買菜。

시청

(市廳) 市政府 名

친구가 **시청**에서 근무합니다.

朋友在市政府上班。

시키다

使喚、讓 動

동생에게 심부름을 **시켰습니다**.

使喚了弟弟 / 妹妹去跑腿做事。

시험

(試驗) 考試 名

시험을 잘 봐서 기분이 좋습니다.

考試考得很好，所以心情不錯。

식당

[식땅]

(食堂) 餐廳 名

이 **식당**은 뭐가 제일 맛있습니까?

這間餐廳什麼最好吃？

식사

[식싸]

(食事) 吃飯 名

친구의 저녁 **식사**에 초대를 받았습니다.

收到了朋友的晚餐邀請。

식탁 (食卓) 餐桌 名

한국의 **식탁** 문화에는 어떤 것이 있습니까?
韓國的餐桌文化有什麼呢？

신다 [신따] 穿（鞋、襪） 動

새 구두를 **신고** 외출했습니다.
穿了新皮鞋外出。

신문 (新聞) 報紙 名

아침마다 식사를 하면서 **신문**을 봅니다.
每天早上邊吃飯邊看報紙。

신발 鞋子 名

새 **신발**을 신고 학교에 갔습니다.
穿了新鞋去學校。

신청서 (申請書) 申請書 名

이 **신청서**에 이름과 주소를 적으십시오.
請在這張申請書上填寫姓名及地址。

신청하다 (申請--) 申請 動

이번 학기에 장학금을 **신청할까** 합니다.
在考慮這學期是否要申請獎學金。

신호등

(信號燈) 紅綠燈、號誌燈 名

파란 **신호등**이 켜지면 건너십시오.
綠色號誌燈亮時，請通過。

실례하다

[실레하다]

(失禮 - -) 抱歉、失禮 動

실례합니다. 일이 있어서 먼저 일어나겠습니다.
抱歉。因為有事，所以先行告辭。

실수

[실쑤]

(失手) 犯錯、失誤 名

사람은 누구나 **실수**를 합니다.
人都會犯錯。

싫다

[실타]

討厭的 形

나는 복잡한 도시가 **싫습니다**.
我討厭複雜的城市。

싫어하다

[시러하다]

討厭 動

언니는 밖에 나가는 것을 **싫어합니다**.
姊姊討厭外出。

심하다

(甚 - -) 嚴重的 形

기침이 **심해서** 병원에 갔습니다.
咳嗽咳得很嚴重，所以去了醫院。

ㅅ

십 (十) 十 數

우리 아버지는 **십** 년 동안 기자로 일하셨습니다.
我的父親當記者當了十年。

십이월 (十二月) 十二月 名
[시비월]

우리 부부는 **십이월**에 결혼했습니다.
我們夫婦在十二月結婚了。

십일월 (十一月) 十一月 名
[시비릴]

십일월에 우리 마을에서 축제가 열립니다.
十一月的時候，我們村裡會舉辦慶典。

싱겁다 清淡的、不夠味的 形
[싱겁따]

음식은 약간 **싱겁게** 먹는 것이 좋습니다.
飲食吃清淡一點比較好。

싸다 打包 動

짐을 **싸서** 여행을 떠났습니다.
打包好行李去旅行了。

싸다 便宜的 形

값이 **싸서** 여러 개 샀습니다.
因為價格便宜，所以買了好幾個。

☐ 싸우다
吵架、打架 動

어제도 동생과 **싸웠습니다**.
昨天又和弟弟 / 妹妹吵架了。

☐ 쌀
米 名

한국인의 주식은 **쌀**입니다.
韓國人的主食是米。

☐ 쌓이다
[싸이다]
被累積 動

여러분은 스트레스가 **쌓이면** 어떻게 합니까?
各位，如果累積了壓力，應該怎麼辦呢？

☐ 썰다
切 動

파를 **썰어서** 된장찌개에 넣었습니다.
蔥切一切，放進了大醬鍋裡。

☐ 쓰기
寫作 名

일기를 **쓰면** 쓰기 연습에 도움이 됩니다.
寫日記的話，對寫作練習有幫助。

☐ 쓰다
寫 動

영수는 글을 **쓰는** 것을 좋아합니다.
勇秀喜歡寫文章。

□ 쓰다

戴（帽子） 動

햇빛이 너무 뜨거워서 모자를 **썼습니다**.

陽光太炙熱，所以戴了帽子。

□ 쓰다

使用 動

혹시 이 컴퓨터를 **써도** 됩니까?

請問可以用這部電腦嗎？

□ 쓰다

苦的 形

보통 좋은 약은 입에 **씁니다**.

通常良藥苦口。

□ 쓰레기

垃圾 名

아무 데나 **쓰레기**를 버리지 마십시오.

不要隨地亂丟垃圾。

□ 쓰이다

被寫 動

칠판에 **쓰인** 글씨가 작아서 잘 안 보입니다.

黑板上寫的字太小了，看不太清楚。

□ 씨

（氏） ～先生；～小姐 名

김영수 **씨**는 무슨 일을 하세요?

金勇秀先生是做什麼工作的呢？

☐ 씩

每次（平均）～ 接

매일 한 시간**씩** 공원에 가서 산책을 합니다.

每天到公園散步一小時。

☐ 씹다

[씹따]

咀嚼 動

밥을 꼭꼭 **씹어서** 먹어야 합니다.

飯應該要好好地咀嚼著吃。

☐ 씻다

[씯따]

清洗 動

손부터 **씻고** 식사하세요.

請先洗手再吃飯。

ㅅ

아가씨

小姐 名

저기 서 있는 **아가씨**에게 길을 물었습니다.
向站在那裡的小姐問了路。

아기

嬰兒 名

아기가 웃는 모습이 너무 귀엽습니다.
嬰兒笑的樣子真是太可愛了。

아까

剛剛 副

아까 가게에 가는 길에 민호 씨를 만났습니다.
剛剛在去商店的路上碰見了敏鎬先生。

아내

妻子、老婆 名

그는 **아내**에게 편지를 썼습니다.
他寫了信給妻子。

아니다

不是的 形

저는 한국 사람이 **아니에요**.
我不是韓國人。

아니요

不是 感

가 : 대학생이에요?
是大學生嗎？
나 : **아니요**. 대학원생이에요.
不是。我是研究生。

아들

兒子 名

아들이 아버지보다 키가 큽니다.

兒子身高比父親高。

아랍어

(Arab語) 阿拉伯語 名

[아라버]

아랍어를 배운 지 1년 되었습니다.

學了阿拉伯語1年。

아래

下面 名

산 **아래**에서 친구들과 만났습니다.

在山下和朋友們見了面。

아름답다

美麗的 形

[아름답따]

서울의 밤경치가 무척 **아름답습니다**.

首爾的夜晚景致非常美麗。

아마

也許 副

아마 지금쯤 도착했을 겁니다.

也許現在差不多已經到了。

아무

任何、什麼 冠 代

서랍을 열어보니까 **아무** 물건도 없었습니다.

打開抽屜，發現什麼東西也沒有。

아버지

父親 名

아버지께 진지를 만들어 드렸습니다.

做好飯菜呈給了父親用膳。

아빠

爸爸 名

아빠와 다음 주에 등산하기로 약속했습니다.

和爸爸約好了下星期去登山。

아시아

(Asia) 亞洲 名

한국은 **아시아** 국가 중 하나입니다.

韓國是亞洲國家中的其中一個。

아이

孩子、小孩 名

우리 누나는 두 **아이**를 키우고 있습니다.

我姊姊養育二個小孩。

아이스크림

(ice cream) 冰淇淋 名

아빠가 **아이스크림**을 사 오셨습니다.

爸爸買了冰淇淋來。

아저씨

大叔 名

옆집 **아저씨**께 인사를 했습니다.

和鄰居大叔打了招呼。

☐ 아주

非常 副

주말에 **아주** 특별한 곳에 갔습니다.

週末時去了一個非常特別的地方。

☐ 아주머니

大嬸 名

식당 **아주머니**가 아주 친절합니다.

餐廳大嬸非常親切。

☐ 아줌마

大嬸（為親近關係時使用） 名

저도 **아줌마**처럼 요리를 잘하고 싶습니다.

我也想像大嬸一樣很會做菜。

☐ 아직

還 副

한국 문화에 대해서 **아직** 잘 모릅니다.

我還不太了解有關韓國的文化。

☐ 아침

早上 名

보통 **아침** 일곱 시에 일어납니다.

通常早上七點起床。

☐ 아침

早餐 名

아침을 먹지 않고 학교에 갔습니다.

早餐沒有吃就去學校了。

ㅇ

아파트 (apartment) 公寓 名

우리 **아파트**에는 여러 나라 사람이 삽니다.
我們公寓裡住著許多國家的人。

아프다 痛的 形

이것은 배가 **아플** 때 먹는 약입니다.
這是肚子痛時吃的藥。

아프리카 (Africa) 非洲 名

아프리카에서 친구가 왔습니다.
有朋友從非洲來。

아홉 九 數

교실에 **아홉** 명이 모여 있습니다.
教室裡聚集著九個人。

아흔 九十 數

그는 **아흔** 살까지 살았습니다.
他活到了九十歲。

악기 (樂器) 樂器 名
[악끼]

악기를 연주할 수 있습니다.
我會演奏樂器。

안
裡面 名

교실 **안**에 아무도 없습니다.
教室裡什麼人也沒有。

안
沒、不 副

하루 종일 밥도 **안** 먹고 일했습니다.
整天都沒吃飯就只是工作了。

안경
(眼鏡) 眼鏡 名

안경을 쓰고 책을 봅니다.
帶著眼鏡看書。

안내하다
(案內 - -) 介紹；引導 動

직원이 친절하게 **안내해** 주었습니다.
職員很親切地做了介紹。

안녕하다
(安寧 - -) 平安的 形

부모님께서는 모두 **안녕하시지요**?
父母親都平安吧？

안녕히
(安寧 -) 平安地 副

안녕히 주무십시오.
晚安。（敬語）

ㅇ

안다

抱 動

[안따]

꽃다발을 가득 **안고** 졸업 사진을 찍었습니다.
抱著滿滿花束拍了畢業照。

안전하다

(安全 - -) 安全的 形

목적지에 **안전하게** 도착했습니다.
安全地到達目的地了。

앉다

坐 動

[안따]

친구와 공원의 벤치에 **앉아서** 이야기를 나누었습니다.
和朋友坐在公園長椅上聊了天。

알다

知道 動

지금은 한국 역사도 잘 **알게** 되었습니다.
現在也變得相當了解韓國歷史了。

알리다

告知、告訴、通知 動

내일 동아리 모임 장소를 **알려** 드리겠습니다.
將會告知明天社團聚會的場所。

알맞다

適當的、合適的 形

[알맏따]

빈칸에 **알맞은** 말을 써 넣으십시오.
請在空格裡填入適當的話。

□ 앞

前面 名

[압]

회사 **앞**에 있는 커피숍에서 만납시다.

在公司前面的咖啡廳裡見面吧。

□ 액세서리

(accessory) 飾品 名

[액쎄서리]

동대문시장에서는 여러 **액세서리**를 팝니다.

東大門市場裡有販賣許多飾品。

□ 야구

(野球) 棒球 名

좋아하는 **야구** 선수가 있습니까?

有喜歡的棒球選手嗎？

□ 야채

(野菜) 蔬菜 名

저는 **야채** 요리를 특히 좋아합니다.

我特別喜歡蔬菜料理。

□ 약

(藥) 藥 名

약을 드시고 주무십시오.

服藥後就請睡吧。

□ 약

(約) 大約、大概 冠

서울에서 경주까지 버스로 **약** 세 시간 정도 걸립니다.

從首爾搭公車到慶州，大約需要三小時。

약간
[약깐]

(若干) 稍微、些許 副

떡볶이를 **약간** 맵게 만들었습니다.
把辣炒年糕做得稍微辣了一點。

약국
[약꾹]

(藥局) 藥局 名

약국에서 감기약을 샀습니다.
去藥局買了感冒藥。

약사
[약싸]

(藥師) 藥師 名

약사에게 증상을 말했습니다.
向藥師說明了症狀。

약속
[약쏙]

(約束) 約定 名

오늘은 **약속**이 있으니까 다음에 만납시다.
因為今天有約會，我們下次再見面吧。

얇다
[얄따]

薄的 形

너무 **얇은** 옷을 입어서 춥습니다.
穿太薄的衣服，所以覺得很冷。

양

(量) 量 名

양이 많아서 다 먹지 못했습니다.
量太多了，所以沒能全部吃完。

양말

(洋襪、洋韈) 襪子 名

오늘 새 **양말**과 신발을 신었습니다.

今天穿了新襪子和鞋子。

양복

(洋服) 西裝 名

회사에 **양복**을 입고 갑니까?

去公司要穿西裝嗎？

양식

(洋食) 洋食 名

동생은 한식보다 **양식**을 더 좋아합니다.

弟弟 / 妹妹比起韓式料理更喜歡洋食。

양파

(洋 -) 洋蔥 名

양파를 넣고 더 끓이십시오.

請加入洋蔥後，再煮一下。

얘기하다

說、聊天 動

그 일에 대해서 영수에게 자세히 **얘기해** 주었습니다.

向勇秀詳細地述說了關於那件事。

어깨

肩膀 名

우리 형은 **어깨**가 넓습니다.

我的哥哥肩膀很寬。

ㅇ

어느

哪個 冠

어느 나라에서 오셨습니까?

您從哪個國家來？

어둡다

[어둡따]

暗的 形

날이 **어두워져서** 집에 돌아갔습니다.

天色變暗，所以就回家了。

어디

哪裡 代

어디에서 표를 사야 합니까?

應該要在哪裡買票呢？

어떤

什麼樣的、某～ 冠

어떤 사람이 저에게 길을 물었습니다.

有人向我問了路。

어떻다

[어떠타]

如何的 形

함께 연습을 하는 게 **어떻습니까**?

一起做練習如何？

어렵다

[어렵따]

困難的 形

문법이 너무 **어려워서** 선생님께 물어봤습니다.

文法實在太難，所以去問了老師。

어른
大人 名

어른이 되면 혼자 여행을 갈 겁니다.
若成為大人，就要一個人去旅行。

어리다
年幼的 形

어릴 때부터 피아노를 배웠습니다.
小時候開始就學了鋼琴。

어린이
兒童、小朋友 名

[어리니]

어린이는 미래의 주인공입니다.
兒童是未來的主角。

어머
（女生用語）媽呀 感

어머, 이게 몇 년 만이에요!
媽呀，這是幾年了啊！

어머니
母親 名

저는 보통 **어머니**께 용돈을 받습니다.
我通常向母親拿零用錢。

어서
趕緊、趕快 副

늦겠습니다. **어서** 출발하십시오.
晚了。請趕緊出發吧。

어울리다

適合、合適 動

백화점에서 나에게 **어울리는** 옷을 샀습니다.
在百貨公司買了一件很適合我的衣服。

어제

昨天 副 名

어제 밤늦게 집에 돌아왔습니다.
昨天晚上很晚回到家。

어젯밤

[어젣빰]

昨晚 名

어젯밤에 무서운 꿈을 꾸었습니다.
昨晚做了一個可怕的夢。

언니

（女生用語）姊姊 名

언니와 함께 노래를 불렀습니다.
和姊姊一起唱了歌。

언제

什麼時候 副 代

언제부터 한국어를 배웠습니까?
從什麼時候開始學韓語的呢？

언제나

總是 副

그는 **언제나** 성실히 일합니다.
他總是認真地做事。

얼굴

臉 名

얼굴에 뭐가 나서 고민입니다.

臉上長了東西，真煩惱。

얼마

多少 名

얼마 동안 기다려야 합니까?

需要等多少時間？

얼마나

多久、多少 副

한국에 온 지 **얼마나** 됐어요?

來韓國多久了？

얼음

[어름]

冰塊 名

콜라에 **얼음**을 넣어 마셨습니다.

在可樂裡加冰塊喝了。

엄마

媽媽 名

아이가 울면서 **엄마**를 찾습니다.

小孩邊哭邊找媽媽。

없다

[업따]

沒有的 形

펜이 **없어서** 친구에게 빌렸습니다.

沒有筆，所以向朋友借了。

없이

[업씨]

没有～地 副

어른, 아이 구분 **없이** 입장할 수 있습니다.

不分大人、小孩，都可以入場。

에어컨

(air conditioner) 冷氣 名

에어컨을 켜고 자면 감기에 걸리기 쉽습니다.

開著冷氣睡覺的話，很容易感冒。

엘리베이터

(elevator) 電梯 名

엘리베이터를 타고 10층에 올라갔습니다.

搭電梯上到了10樓。

여권

[여꿘]

(旅券) 護照 名

여권을 잃어버려서 분실 신고를 했습니다.

護照丟了，所以去報遺失了。

여기

這裡 代

여기에서 잠깐 기다리세요.

請在這裡等一下。

여기저기

到處、各處 名

부산 **여기저기**를 구경했습니다.

參觀了釜山各處。

여덟

八 數

[여덜]

오전 **여덟** 시에 수업이 시작됩니다.

早上八點開始上課。

여동생

（女 - - ）

妹妹 名

여동생은 올해 대학을 졸업할 예정입니다.

妹妹預計今年大學畢業。

여든

八十 數

할머니께서는 올해 **여든** 살이 되셨습니다.

奶奶今年八十歲了。

여러

許多的、各種的 冠

그 가게에서는 **여러** 모양의 컵을 팝니다.

那間店裡有賣許多樣式的杯子。

여러분

各位、大家 代

여러분을 위해서 공연을 준비했습니다.

為各位準備了表演。

여름

夏天 名

여름에 부산의 바닷가에 가려고 합니다.

夏天打算去釜山的海邊。

여보세요

喂 感

여보세요, 거기 김 과장님 계십니까?
喂，請問金課長在嗎？

여섯

六 數

[여섣]

일주일 동안 책 **여섯** 권을 읽었습니다.
一個星期讀了六本書。

여자

（女子） 女生 名

이곳은 **여자** 직원의 휴게실입니다.
這裡是女職員的休息室。

여학생

（女學生） 女學生 名

[여학쌩]

우리 반에는 **여학생**이 남학생보다 많습니다.
我們班女學生比男學生多。

여행

（旅行） 旅行 名

어디로 **여행**을 가고 싶습니까?
想去哪裡旅行呢？

여행사

（旅行社） 旅行社 名

여행사에 가서 패키지 여행 상품을 알아보았습니다.
去旅行社諮詢了套裝旅行商品。

☐ 역

(驛) 車站 名

이번 **역**은 명동역입니다.
這一站是明洞站。

☐ 역사

[역싸]

(歷史) 歷史 名

저는 한국 **역사**에 대해 관심이 많습니다.
我對韓國歷史相當有興趣。

☐ 연락처

[열락처]

(連絡處) 聯絡方式 名

연락처를 남겨 주십시오.
請留下聯絡方式。

☐ 연세

(年歲) 【敬語】年紀 名

할아버지 **연세**가 어떻게 되십니까?
請問爺爺幾歲了？

☐ 연습하다

[연스파다]

(練習 - -) 練習 動

말하기를 잘하려면 어떻게 **연습해야** 합니까?
想要口說流利的話，應該如何練習呢？

☐ 연예인

[여녜인]

(演藝人) 藝人 名

연예인에게 사인을 받았습니다.
得到了藝人的簽名。

ㅇ

연필

（鉛筆） 鉛筆 名

연필로 문장을 씁니다.
用鉛筆寫句子。

연휴

（連休） 連假 名

연휴 동안 집에만 있었습니다.
連假期間只待在了家裡。

열

（熱） 熱、（發）燒 名

열이 나고 기침이 나서 병원에 갔습니다.
發燒又咳嗽，所以去了醫院。

열

十 數

영화가 너무 재미있어서 **열** 번이나 봤습니다.
這電影實在是太有趣，所以整整看了十次了呢。

열다

打開 動

창문 좀 **열어** 주시겠습니까?
請幫我打開窗戶好嗎？

열리다

被打開；展開 動

문이 **열려** 있어서 닫았습니다.
因為門被開著，所以把它關起來了。

☐ 열쇠

鑰匙 名

[열쐬 / 열쒜]

집 **열쇠**를 잃어버렸습니다.

把家裡鑰匙弄丟了。

☐ 열심히

(熱心 -) 認真地 副

[열씸히]

열심히 공부해서 시험에 꼭 합격하겠습니다.

我要認真念書，考試一定要及格。

☐ 열차

(列車) 列車 名

지금 인천행 **열차**가 들어오고 있습니다.

現在往仁川方向的列車正在進站。

☐ 엽서

(葉書) 明信片 名

[엽써]

엽서를 써서 친구에게 보냈습니다.

寫明信片寄給了朋友。

☐ 영국

(英國) 英國 名

올 여름에 **영국** 런던에 갈 겁니다.

今年夏天要去英國倫敦。

☐ 영상

(零上) 零上 名

오늘 낮 기온은 **영상** 5도가 되겠습니다.

今天白天氣溫會到零上5度。

ㅇ

☐ 영어

(英語) 英語 名

민호는 **영어**를 미국 사람처럼 잘합니다.

敏鎬英語說得像美國人一樣好。

☐ 영하

(零下) 零下 名

영하의 날씨에도 길거리에 사람이 많습니다.

即使是零下的天氣，街上還是很多人。

☐ 영화

(映畫) 電影 名

영화가 곧 시작합니다.

電影即將開始了。

☐ 영화관

(映畫館) 電影院 名

영화관에서 한국 영화를 봤습니다.

在電影院看了韓國電影。

☐ 영화배우

(映畫俳優) 電影演員 名

영수는 **영화배우**처럼 잘생겼어요.

英秀就像是電影演員一樣長得很帥。

☐ 영화표

(映畫票) 電影票 名

영화표 두 장을 예매했습니다.

預購了二張電影票。

옆

旁邊 名

[엽]

회사 **옆**에 편의점이 생겼습니다.

公司旁邊開了一間便利商店。

예

是、好、對 感

예, 그렇게 하겠습니다.

是，會那樣做的。

예쁘다

漂亮的 形

머리를 **예쁘게** 잘랐습니다.

頭髮剪得很漂亮。

예순

六十 數

우리 아버지는 올해 **예순** 살이 되셨습니다.

我父親今年六十歲了。

예약

(豫約) 預約、預訂 名

미국에 가려고 비행기표를 **예약했습니다**.

為了去美國而預訂了機票。

옛날

以前、古時候 名

[옌날]

말은 **옛날** 사람들의 주요 교통수단이었습니다.

馬曾是古時候人們的主要交通工具。

ㅇ

오

(五) 五 數

오에 사를 더하면 구입니다.
五再加四就是九。

오늘

今天 名 副

오늘 출발하기로 약속했습니다.
約定好今天出發。

오다

來 動

2년 전에 한국에 **왔습니다**.
2年前來到韓國。

오래

很久 副

고향에 가는 데 **오래** 걸립니까?
回去故鄉要花很久時間嗎？

오래간만

難得、很久才~ 名

오래간만에 중학교 동창들과 만났습니다.
難得和國中同學見面了。

오랜만

難得、很久才~ 名

오랜만에 시내에 가서 쇼핑을 했습니다.
難得去市區購物了。

오랫동안

長時間 名

[오래똥안 / 오랟똥안]

오랫동안 생각한 후 결정했습니다.

想了很久之後，決定了。

오렌지

(orange) 柳橙 名

우리 고향에서는 **오렌지**가 많이 납니다.

我們家鄉產很多柳橙。

오르다

往上、提高 動

남산에 **올라**가서 서울 경치를 구경했습니다.

上去南山欣賞了首爾的風景。

오른쪽

右邊 名

쭉 가다가 **오른쪽**으로 가세요.

直走，然後請往右轉。

오리

鴨子 名

중국 사람들은 **오리** 고기를 즐겨 먹습니다.

中國人喜歡吃鴨肉。

오빠

（女生用語）哥哥 名

오빠가 프랑스에서 돌아왔습니다.

哥哥從法國回來了。

오십 (五十) 五十 數

우리 반에 모두 **오십** 명의 학생이 있습니다.
我們班總共有五十名學生。

오월 (五月) 五月 名

한국에서 **오월** 오일은 어린이날입니다.
韓國五月五日是兒童節。

오이 小黃瓜 名

오이를 썰어서 먹었습니다.
把小黃瓜切來吃了。

오전 (午前) 上午 名

오전 9시에 수업이 시작됩니다.
上午9點開始上課。

오징어 魷魚 名

울릉도는 **오징어**로 유명합니다.
鬱陵島以魷魚而出名。

오후 (午後) 下午 名

오후 1시에 수업이 끝났습니다.
下午1點下課。

☐ 올라가다

上去 動

위층으로 **올라가시면** 편의점이 있습니다.
往樓上去有便利商店。

☐ 올라오다

上來 動

우리 모두 3층에 있으니까 **올라오세요**.
我們都在3樓，請上來吧。

☐ 올려놓다

[올려노타]

放上 動

반찬을 식탁 위에 **올려놓았습니다**.
把小菜放在餐桌上了。

☐ 올림픽

(Olympic)

奧運 名

올림픽은 4년마다 열립니다.
奧運每4年舉辦一次。

☐ 올해

今年 名

올해에는 눈이 많이 왔습니다.
今年下了很多的雪。

☐ 옮기다

[옴기다]

搬、移動 動

직장을 다른 곳으로 **옮겼습**니다.
到別的地方上班了。

ㅇ

옷

衣服 名

[옫]

집에 들어와서 **옷**을 갈아입었습니다.

回到家後換了衣服。

옷장

(-欌) 衣櫥 名

[옫짱]

입지 않는 옷을 **옷장**에 넣었습니다.

不穿的衣服放到衣櫥裡了。

와

哇 感

와, 풍경이 정말 멋지네요.

哇，風景真漂亮。

와이셔츠

(white shirt) 白襯衫 名

오늘은 **와이셔츠**만 입고 출근했습니다.

今天只有穿著白襯衫就去上班了。

왜

為什麼 副

한국인들은 집들이 때 **왜** 휴지나 세제를 선물할까요?

韓國人為什麼會在喬遷宴時，送衛生紙或清潔劑當禮物呢？

왜냐하면

因為 副

피곤합니다. **왜냐하면** 어제 밤을 새웠기 때문입니다.

好累。因為昨晚熬夜了。

□ 외국
(外國) 外國、國外 名

[외국 / 웨국]

외국에서 살아 본 적이 있습니다.
曾經在國外生活過。

□ 외국어
(外國語) 外語 名

[외구거 / 웨구거]

저는 **외국어** 배우는 것을 좋아합니다.
我喜歡學習外語。

□ 외국인
(外國人) 外國人 名

[외구긴 / 웨구긴]

인사동은 **외국인**들이 많이 찾는 곳입니다.
仁寺洞是很多外國人會去的地方。

□ 외롭다
孤單的 形

[외롭따 / 웨롭따]

외로울 때마다 가족 사진을 꺼내서 봅니다.
每次孤單的時候，就會把全家福拿出來看。

□ 외삼촌
(外三寸) 舅舅 名

[외삼촌 / 웨삼촌]

외삼촌이 강원도에 사십니다.
舅舅住在江原道。

□ 외숙모
(外叔母) 舅媽 名

[외숭모 / 웨숭모]

사촌 동생이 **외숙모**를 모시고 우리 집에 왔습니다.
表弟 / 表妹陪舅媽來了我們家。

ㅇ

외출하다

(外出 - -) 外出 動

[외출하다 / 웨출하다]

사장님께서는 잠깐 **외출하셨습니다**.

社長暫時外出了。

외할머니

(外 - - -) 外婆 名

[외할머니 / 웨할머니]

외할머니께서는 부산에 사십니다.

外婆住在釜山。

외할아버지

(外 - - - -) 外公 名

[외하라버지 / 웨하라버지]

외할아버지께서 작년에 돌아가셨습니다.

外公去年過世了。

왼쪽

左邊 名

[왼쪽 / 웬쪽]

은행은 슈퍼마켓 **왼쪽**에 있습니다.

銀行在超市左邊。

요금

(料金) 費用 名

버스 **요금**이 또 올랐습니다.

公車費用又漲了。

요르단

(Jordan) 約旦 名

요르단은 아라비아 반도의 아랍 국가입니다.

約旦是阿拉伯半島上的阿拉伯國家。

☐ 요리

(料理) 料理 名

어떤 **요리**를 좋아하세요?

您喜歡哪一種料理？

☐ 요일

(曜日) 星期 名

무슨 **요일**에 만날까요?

星期幾見面呢？

☐ 요즘

最近 名

요즘 취미 생활로 뭘 하세요?

最近做什麼當作娛樂消遣呢？

☐ 우리

我們 代

우리 아버지와 어머니는 직장에 다니십니다.

我們的父親和母親都在上班。

☐ 우리나라

我國 名

외국인들에게 **우리나라** 문화에 대해 설명해 주었습니다.

向外國人說明了有關我國文化。

☐ 우산

(雨傘) 雨傘 名

비가 오니까 **우산**을 쓰세요.

下雨了請撐傘。

ㅇ

우선 (于先) 首先 副

물에 들어가기 전에 **우선** 준비운동을 하세요.

下水前請先做暖身運動。

우유 (牛乳) 牛奶 名

아침으로 빵과 **우유**를 먹습니다.

早餐吃麵包和牛奶。

우체국 (郵遞局) 郵局 名

편지를 부치러 **우체국**에 가요.

去郵局寄信。

우표 (郵票) 郵票 名

우표를 사서 엽서에 붙였습니다.

買了郵票貼在明信片上了。

운동복 (運動服) 運動服 名

조깅하려고 **운동복**으로 갈아입었습니다.

為了要去慢跑，所以換上了運動服。

운동선수 (運動選手) 運動選手 名

우리 형은 **운동선수**입니다.

我的哥哥是運動選手。

☐ 운동장

(運動場) 運動場 名

학교 **운동장**에서 운동회가 열렸습니다.

在學校運動場舉辦了運動會。

☐ 운동하다

(運動 - -) 運動 動

운동하고 나면 기분이 좋아집니다.

運動完之後心情會變好。

☐ 운동화

(運動靴) 運動鞋 名

운동화를 신고 조깅을 했습니다.

穿了運動鞋去慢跑。

☐ 운전하다

(運轉 - -) 開（車）、駕駛 動

운전할 때 핸드폰을 사용하면 안 됩니다.

開車時不可以使用手機。

☐ 울다

哭 動

영화가 너무 슬퍼서 **울었어요**.

電影太悲傷，所以哭了。

☐ 울리다

（聲音）響；弄哭 動

외출하려는데 전화벨이 **울렸습니다**.

想要外出，電話鈴聲卻響了。

형이 동생을 때려서 **울렸어요**.

哥哥打了弟弟，把他弄哭了。

움직이다

移動、動（身體） 動

[움지기다]

사진을 찍을 테니까 **움직이지** 마세요.

要拍照了，請別亂動。

웃기다

搞笑 動

[욷끼다]

영수는 친구들을 잘 **웃깁니다**.

勇秀很會逗朋友笑。

웃다

笑 動

[욷따]

영희는 나를 향해 빙그레 **웃었습니다**.

永熙對著我莞爾一笑。

원

～元 名

용돈으로 만 **원**을 받았습니다.

收到了一萬元零用錢。

원피스

（one-piece） 洋裝、連身裙 名

원피스를 입고 파티에 참가했어요.

穿洋裝去參加派對了。

원하다

（願 - - ） 希望、願 動

사람들은 누구나 행복을 **원합니다**.

任誰都希望幸福。

월 (月) ~月 名

생일이 몇 **월** 며칠입니까?
生日是幾月幾號？

월급 (月給) 月薪 名

한 달 동안 열심히 일해서 **월급**을 받았습니다.
一整個月辛勤工作，拿到了月薪。

월드컵 (World Cup) 世界盃 名

2002년에 한국에서 **월드컵**이 열렸습니다.
2002年在韓國舉辦了世界盃。

월세 [월쎄] (月貰) 月租 名

한 달에 **월세**가 얼마입니까?
請問月租多少錢？

월요일 [워료일] (月曜日) 星期一 名

월요일마다 한국 역사 수업이 있습니다.
每個星期一有韓國歷史課。

웬일 [웬닐] 什麼事、怎麼回事 名

웬일로 우리 회사까지 찾아오셨어요?
是因為什麼事情，還到我們公司來找我？

ㅇ

위

上面 名

책상 **위**에 책과 공책이 있습니다.

書桌上有書和筆記本。

위치

(位置) 位置 名

위치를 알려 주시면 찾아가겠습니다.

告訴我位置，我會去找你。

위하다

(爲 - -) 為了 動

친구의 생일을 **위해서** 파티를 준비했어요.

為了朋友生日，準備了派對。

위험하다

(危險 - -) 危險的 形

위험하니까 만지지 마십시오.

危險，請勿觸摸。

유럽

(Europe) 歐洲 名

요즘 **유럽**으로 여행을 많이 갑니다.

最近常去歐洲旅行。

유리

(琉璃) 玻璃 名

이 상자는 **유리**로 만들었습니다.

這個箱子是玻璃做的。

유명하다

(有名 - -) 有名的 形

전주는 비빔밥으로 **유명합니다**.

全州以拌飯聞名。

유월

(漢字語「六月」的俗音) 六月 名

유월에 서울로 이사를 갑니다.

六月會搬到首爾。

유학

(留學) 留學 名

영수는 호주로 **유학**을 갈 계획입니다.

勇秀計畫去澳洲留學。

유학생

[유학쌩]

(留學生) 留學生 名

요즘 우리 학교에 **유학생**이 많아졌습니다.

最近我們學校裡的留學生變多了。

유행

(流行) 流行 名

최근 등산이 **유행**입니다.

最近登山很流行。

육

(六) 六 數

육 개월 동안 한국에 있었습니다.

在韓國待了六個月。

ㅇ

육십

[육씹]

(六十) 六十 數

회사 근처에 **육십** 층이 넘는 빌딩이 생겼습니다.
公司附近新建了一棟超過六十層的大樓。

은행

(銀行) 銀行 名

은행에 통장을 만들러 갔습니다.
去銀行開了戶。

은행원

(銀行員) 銀行行員 名

저희 어머니는 **은행원**이십니다.
我的母親是銀行行員。

음료수

[음뇨수]

(飲料水) 飲料 名

여름에는 **음료수**를 많이 마시게 됩니다.
夏天時，飲料會喝得很多。

음식

(飲食) 食物、飲食 名

지금은 매운 **음식**도 잘 먹게 되었습니다.
現在也很會吃辣的食物了。

음악

[으막]

(音樂) 音樂 名

조용한 **음악**을 들으면 마음이 편안해집니다.
聽安靜的音樂，心情會變得舒坦。

□ 음악가
[으막까]

(音樂家) 音樂家 名

영수의 아버지는 유명한 **음악가**입니다.
英秀的父親是有名的音樂家。

□ 응

嗯 感

응, 내가 전화해 볼게.
嗯，我會打電話看看。

□ 의미

(意味) 意思、意味 名

이 단어의 **의미**가 무엇입니까?
這個單字是什麼意思？

□ 의사

(醫師) 醫生 名

몸이 아파서 **의사**를 찾아갔습니다.
身體不舒服，所以去看醫生了。

□ 의자

(椅子) 椅子 名

의자에 앉아서 책을 읽습니다.
坐在椅子上看書。

□ 이

牙齒 名

이가 아파서 치과에 갔습니다.
牙齒痛，所以去看牙科了。

ㅇ

□ 이

這（個）冠 代

이 사과가 참 맛있게 생겼군요.
這個蘋果看起來真好吃。

□ 이

（二） 二 數

이 곱하기 사는 팔입니다.
二乘以四是八。

□ 이거

這個東西 代

이거 영수 씨 물건 맞아요?
這個是英秀先生的東西對嗎？

□ 이것

[이걷]

這個東西 代

이것도 한번 입어 보시겠어요?
這件也要試穿一次看看嗎？

□ 이곳

[이곧]

這個地方 代

이곳이 이전에는 학교였습니다.
這個地方以前是學校。

□ 이따가

等一下、等一會兒 副

그럼 **이따가** 다시 전화할게요.
那麼等一下再打一次電話給你。

이런

這樣的 冠

이런 음식들이 요즘 인기입니다.

這樣的料理最近很受歡迎。

이렇다

這樣的 形

[이러타]

이렇게 하면 됩니다.

這樣做就可以了。

이름

名字 名

여기에 **이름**을 적어 주시겠습니까?

請在這裡寫上名字好嗎？

이메일

(e-mail) 電子郵件 名

이메일로 연락했습니다.

用電子郵件聯絡了。

이모

(姨母) 阿姨 名

이모께서 우리 집에 오셨습니다.

阿姨來我們家了。

이모부

(姨母夫) 姨丈 名

이모부께서는 영어를 가르치고 계십니다.

姨丈在教英文。

ㅇ

이번

(- 番) 這次 名

이번 정류장은 고려대학교입니다.
這次的停靠站是高麗大學。

이분

這位 代

이분은 제 어머니이십니다.
這位是我的母親。

이사

(移徙) 搬家 名

친구가 대전으로 **이사** 갔습니다.
朋友搬到大田了。

이상하다

(異常 - -) 奇怪的 形

이상한 사람이 옆을 지나갈 때 무섭습니다.
當身旁有奇怪的人經過時，會感到害怕。

이십

(二十) 二十 數

한 반에 **이십** 명의 학생들이 있습니다.
一個班裡有二十名的學生。

이야기하다

聊天、說話 動

이제부터 한국말로만 **이야기하기로** 했습니다.
決定了從現在開始只用韓語聊天。

이용

(利用) 利用、使用 名

서울에 가면 보통 지하철을 **이용**합니다.
去首爾的話，通常會利用地下鐵。

이월

(二月) 二月 名

이월에도 눈이 많이 내립니다.
二月時也會下很多雪。

이유

(理由) 理由 名

선생님께서 지각한 **이유**를 물으셨습니다.
老師問了我遲到的理由。

이제

現在 副 名

이제는 그 사람을 사랑하지 않아요.
現在我不愛那個人了。

이집트

(Egypt) 埃及 名

친구는 **이집트**에서 아랍어를 배웠습니다.
朋友在埃及學了阿拉伯語。

이쪽

這邊 代

다른 방도 있으니까 **이쪽**으로 오세요.
還有其他房間，所以請往這邊來。

이틀

二天 名

이틀에 한 번 운동을 합니다.

二天運動一次。

이해하다

(理解 - -)

了解 動

이제는 한국 노래도 조금 **이해할** 수 있게 되었습니다.

現在有比較可以了解一些韓國歌曲了。

인구

(人口)

人口 名

한국의 **인구**는 약 오천만 명입니다.

韓國的人口大約有五千萬名。

인기

[인끼]

(人氣)

人氣 名

이 노래는 젊은이들 사이에서 **인기**가 많습니다.

這首歌在年輕人之間很有人氣。

인도

(印度)

印度 名

인도에서 온 친구를 사귀었습니다.

交了從印度來的朋友。

인사하다

(人事 - -)

打招呼 動

사람을 만나면 반갑게 **인사합니다**.

見到人，會愉快地打招呼。

인삼

(人蔘) 人參 名

가족과 **인삼** 축제에 다녀왔습니다.

和家人去參加人參慶典回來了。

인상

(印象) 印象 名

그 사람은 **인상**이 참 좋습니다.

這個人給人的印象真好。

인천

(仁川) 仁川 名

서울에서 **인천**까지 얼마나 걸립니까?

從首爾到仁川要多久？

인터넷

[인터넫]

(Internet) 網路 名

인터넷으로 필요한 정보를 찾습니다.

用網路找了需要的資訊。

인터뷰하다

(interview - -) 採訪、專訪 動

이상형에 대해서 우리 반 친구들을 **인터뷰했습니다**.

採訪了我們班同學們有關理想對象的話題。

인형

(人形) 娃娃 名

동생은 **인형**을 가지고 놀기를 좋아합니다.

妹妹 / 弟弟喜歡拿著娃娃玩。

일

(一) 一 數

이번 시험에서 **일**등을 했습니다.

在這次考試中得了第一名。

일

(日) ~天 名

이번에는 이박 삼**일**밖에 여행을 못 했습니다.

這次的旅遊只有三天二夜而已。

일곱

七 數

일곱 시에 저녁을 먹으려고 합니다.

打算在七點吃晚餐。

일기

(日記) 日記 名

자기 전에 **일기**를 씁니다.

睡前寫日記。

일기 예보

(日氣豫報) 天氣預報 名

등산을 가기 전에 먼저 **일기 예보**를 확인하세요.

去登山前，請先確定一下天氣預報。

일본

(日本) 日本 名

언니가 지금 **일본**에 살고 있습니다.

姊姊現在住在日本。

일본어
(日本語) 日語 名

[일보너]

저는 **일본어**를 할 수 있습니다.
我會說日語。

일상생활
(日常生活) 日常生活 名

[일쌍생활]

한국인들의 **일상생활**에 대해 알고 싶습니다.
想要知道有關韓國人的日常生活。

일식
(日食) 日式料理 名

[일씩]

오늘은 **일식**을 먹을까요?
今天吃日式料理好嗎？

일어나다
起床；起身 動

요즘 너무 피곤해서 아침에 **일어나기** 힘듭니다.
最近太累，所以早上很難起床。

일요일
(日曜日) 星期日 名

[이료일]

일요일마다 요가를 배웁니다.
每個星期日學瑜珈。

일월
(一月) 一月 名

[이뤌]

일월 일일은 양력 설입니다.
一月一日是陽曆的新年。

ㅇ

일주일

[일쭈일]

（一週日） 一週、一個星期 名

일주일 동안 부산에 있었습니다.

在釜山待了一週。

일찍

早 副

수업을 너무 **일찍** 시작하는 것 말고는 다 좋아요.

除了太早開始上課以外，其他都好。

일하다

工作 動

저는 작년부터 한국에서 **일하고** 있습니다.

我從去年開始在韓國工作。

일흔

七十 數

할머니는 올해 **일흔**이십니다.

奶奶今年七十歲。

읽기

[일끼]

閱讀 名

글을 보면서 **읽기** 연습을 합니다.

邊看文章邊做閱讀練習。

읽다

[익따]

讀 動

저는 시간이 있을 때 신문이나 잡지를 **읽습니다**.

我有空的時候，會讀報紙或雜誌。

잃다

失去 動

[일타]

좋아하는 일도 너무 자주 하면 흥미를 **잃게** 됩니다.

喜歡的事情太常去做的話，會失去興趣的。

잃어버리다

遺失、弄丟 動

[이러버리다]

가방을 **잃어버려서** 너무 속상해요.

包包弄丟了，真傷心。

입

嘴巴 名

만두를 집어서 **입**에 넣었습니다.

把餃子夾起來，放進了嘴裡。

입구

（入口） 入口 名

[입꾸]

서울대 **입구**에서 만나기로 했습니다.

約定好在首爾大入口處碰面。

입다

穿 動

[입따]

다음 주 졸업식 때 **입으려고** 정장을 한 벌 샀습니다.

買了一套西裝，打算下週畢業典禮的時候穿。

입원하다

（入院－－） 住院 動

친구가 **입원해서** 병원에 갔다 왔습니다.

朋友住院，所以去了一趟醫院。

입학

(入學) 入學 名

[이팍]

올해 대학교에 **입학**했습니다.

今年上大學了。

있다

有；在 形 動

[읻따]

처음에는 길을 몰라서 주말에도 집에만 **있었습니다**.

剛開始不認識路，所以即使週末也只是待在家。

잊다

忘、忘記 動

[읻따]

다음 주에는 시험이 있으니까 **잊지** 마세요.

下週有考試，請不要忘記。

잊어버리다

忘掉、忘記 動

[이저버리다]

숙제하는 것을 **잊어버렸어요**.

忘記寫作業了。

ㅈ

자

那麼 感

자, 사진을 찍겠습니다. 하나, 둘, 셋.

那麼……來，要拍照囉。一、二、三。

자기

自己 代

자기를 사랑하는 사람이 다른 사람도 사랑할 수 있습니다.

愛自己的人也會愛別人。

자다

睡覺 動

지금 아기가 **자니까** 조용히 해 주세요.

現在小孩在睡覺，請保持安靜。

자동차

(自動車) 汽車 名

지금 **자동차** 운전을 배웁니다.

現在在學開車。

자료

(資料) 資料 名

보고서 **자료**를 준비하고 있습니다.

正在準備報告資料。

자르다

剪 動

머리를 짧게 **자르니까** 정말 시원합니다.

頭髮剪得很短，真涼快。

자리

位子 名

먼저 **자리**에 앉아 주십시오.
請先坐在位子上。

자신

(自信) 信心 名

이제는 한국말로 이야기할 **자신**이 있습니다.
現在用韓語聊天有信心。

자연

(自然) 自然 名

아름다운 **자연**과 만나고 싶습니까?
想要與美麗的大自然邂逅嗎？

자유

(自由) 自由 名

혼자 살면 외롭지만 **자유**가 있어서 좋아요.
雖然自己生活會孤單，但是因為自由，所以還是很好。

자장면 / 짜장면

(炸醬麵) 炸醬麵 名

중국집에서 **자장면** / **짜장면**을 시켰습니다.
在中國餐廳點了炸醬麵。

자전거

(自轉車) 自行車、腳踏車 名

자전거를 타고 등교합니다.
騎自行車上學。

자주

常常 副

약을 드릴 테니까 상처에 **자주** 바르세요.
我會給您藥，請常塗抹在傷口上。

작년

(昨年) 去年 名

[장년]

작년부터 한국어를 배우기 시작했습니다.
從去年開始學習韓語。

작다

小的 形

[작따]

이 방은 창문이 너무 **작은** 것 같습니다.
這間房的窗戶好像太小了。

작은아버지

叔叔 名

[자그나버지]

이번 주에 **작은아버지** 댁에 갈 겁니다.
這週要去叔叔家。

작은어머니

嬸嬸、叔母 名

[자그너머니]

작은어머니께서 반갑게 맞아 주셨습니다.
嬸嬸很高興地迎接了我。

잔

(盞) 杯 名

식사 후에 커피를 한 **잔** 마셨습니다.
飯後喝了一杯咖啡。

ㅈ

잔치
宴會、筵席 名

할머니 생신 **잔치** 때 노래를 불렀습니다.
在奶奶壽宴的時候唱了歌。

잘
好好地；很會～ 副

한국 음식을 정말 **잘** 먹네요.
真的很會吃韓國料理。

잘못
[잘몯]
～錯 副

계속 배가 아픈데 어제 음식을 **잘못** 먹은 것 같습니다.
一直肚子痛，好像是昨天吃錯食物了。

잘생기다
帥的 形

제 이상형은 얼굴이 **잘생기고** 눈이 큰 사람입니다.
我的理想對象要臉長得帥，眼睛又大的人。

잘하다
做得好、善於～ 動

한국말을 더 **잘했으면** 좋겠습니다.
韓語能說得更好的話就好了。

잠
睡眠 名

커피를 마셔서 **잠**이 안 옵니다.
喝了咖啡，所以睡不著。

잠깐

暫時、片刻 名 副

잠깐 밖에 나가서 산책을 했습니다.
暫時到外面散了步。

잠시

(暫時) 暫時、片刻 名 副

지금 연락하고 있으니까 **잠시**만 기다려 주십시오.
現在正在聯繫，請稍待片刻。

잠자다

睡覺 動

잠잘 때 꿈을 자주 꿉니까?
睡覺的時候常做夢嗎？

잡다

[잡따]

牽（手）；抓 動

사랑하는 그대와 손을 **잡고** 함께 걷고 싶습니다.
想和心愛的你牽著手一起走。

잡수시다

[잡쑤시다]

【敬語】吃 動

아버지는 해물 요리를 잘 **잡수십니다**.
父親很會吃海鮮料理。

잡지

[잡찌]

(雜誌) 雜誌 名

이 **잡지**는 한 달에 한 번 나옵니다.
這本雜誌一個月出刊一次。

장

(張) ～張 名

종이 한 **장**도 두 사람이 같이 들면 더 가볍습니다.

即使是一張紙，二個人一起拿的話，會覺得更輕。

장갑

(掌匣) 手套 名

손이 시려서 **장갑**을 끼었습니다.

手好凍，所以戴了手套。

장마

梅雨 名

장마가 와서 온종일 비가 내립니다.

梅雨來了，所以整天都在下雨。

장마철

梅雨季 名

장마철이라서 햇빛을 보기 힘듭니다.

因為是梅雨季，要看到陽光很難。

장미

(薔薇) 玫瑰 名

친구에게 **장미**를 선물했습니다.

送了玫瑰給朋友當禮物。

장소

(場所) 場所、地點 名

모임 **장소**를 바꿨습니다.

聚會地點換了。

☐ **장점** (長點) 優點 名

[장쩜]

사람은 누구나 **장점**이 있습니다.

每個人都有優點。

☐ **재료** (材料) 材料 名

불고기를 만드는 데 필요한 **재료**를 샀습니다.

去買了做烤肉需要的材料。

☐ **재미없다** 不有趣的 形

[재미업따]

그 영화는 **재미없고** 감동도 없었습니다.

那部電影既無聊又不感人。

☐ **재미있다** 有趣的、好玩的 形

[재미읻따]

방학 **재미있게** 보냈어요?

放假過得好玩嗎？

☐ **재킷** (jacket) 外套、夾克 名

쌀쌀해서 **재킷**을 입고 외출했습니다.

天氣涼了，所以穿了夾克出去。

☐ **저** 那個……；不好意思 感

저, 실례지만 이 버스 명동에 가요?

那個……不好意思，這班公車去明洞嗎？

ㅈ

저

那 冠 代

저 사람은 누구세요?

那個人是誰？

저거

那個東西 代

저거 요즘 유행하는 거예요.

那個東西是最近流行的東西。

저것

[저걷]

那個東西 代

저것은 이것에 비해서 품질이 나쁩니다.

那個東西和這個比起來，品質較差。

저곳

[저곧]

那個地方 代

저곳에 가서 이야기를 하는 게 어떨까요?

去那個地方聊聊如何？

저기

那裡 代

저기에는 누가 살고 있을까요?

誰住在那裡呢？

저녁

傍晚 名

저녁 늦게 퇴근했습니다.

傍晚很晚下班。

☐ 저녁

晚餐 名

남동생에게 **저녁**을 만들어 줬습니다.
做了晚餐給弟弟吃。

☐ 저분

那一位 代

저분은 우리 선생님이십니다.
那一位是我們的老師。

☐ 저쪽

那邊 代

화장실은 **저쪽**에 있습니다.
洗手間在那邊。

☐ 저희

[저히]

（「우리」的謙稱）我們 代

오늘도 **저희** 백화점을 찾아주신 고객 여러분께 감사드립니다.
向今天蒞臨我們百貨公司的客人致謝。

☐ 적다

[적따]

少的 形

적은 돈으로도 많은 일을 할 수 있습니다.
即使用很少的錢，還是可以做很多事。

☐ 적다

[적따]

填寫 動

여기에 전화번호를 좀 **적어** 주세요.
請在這裡寫下電話號碼。

ㅈ

전

（全） 全、全部 冠

콜라는 **전** 세계인이 즐겨 마시는 음료입니다.
可樂是全世界的人都喜歡喝的飲料。

전

（前） 之前 名

아홉시 **전**까지 보고서를 완성해야 합니다.
九點前必須完成報告。

전공

（專攻） 主修、專攻 名

제 **전공**은 영문학입니다.
我的主修是英文學。

전자사전

（電子辭典） 電子辭典 名

전자사전으로 단어를 찾습니다.
用電子辭典查單字。

전하다

（傳－－） 轉交給、傳達 動

급한 일이 있는데, 수미한테 이것 좀 **전해** 주시겠어요?
有急事，請幫我把這個東西轉交給秀美好嗎？

전혀

（全－） 完全 副

저는 요리를 **전혀** 하지 않아요.
我完全不做菜。

전화

(電話) 電話 名

고향 친구에게서 **전화**가 왔습니다.

故鄉的朋友打電話來了。

전화기

(電話機) 電話 名

사무실에 있는 **전화기**로 전화를 걸었습니다.

用辦公室裡的電話打了電話。

전화번호

(電話番號) 電話號碼 名

전화번호가 몇 번입니까?

電話號碼是幾號？

절

寺廟 名

이곳은 한국에서 가장 큰 **절**입니다.

這個地方是韓國最大的寺廟。

젊다

[점따]

年輕的 形

요즘 **젊은** 사람들은 대부분 컴퓨터를 잘 씁니다.

最近年輕人大部分都很會用電腦。

점수

[점쑤]

(點數) 分數 名

이번 시험에는 **점수**가 잘 나오지 않았습니다.

這次考試分數不是很好。

ㅈ

점심 (點心) 中午 名

점심에 친구와 함께 식사하기로 했습니다.
約好了中午要和朋友一起吃飯。

점심 (點心) 午餐 名

점심으로 김치찌개를 먹었습니다.
吃了辛奇鍋（韓國泡菜鍋）當午餐。

점심시간 [점심씨간] (點心時間) 午餐時間 名

점심시간에 같이 식사합니다.
午餐時間一起吃飯。

점원 [저뭔] (店員) 店員 名

점원에게 돈을 냈습니다.
付了錢給店員。

점퍼 (jumper) 外套 名

추우니까 **점퍼**를 입으세요.
天氣很冷，請穿外套。

젓가락 [젇까락] 筷子 名

한국 사람은 **젓가락**으로 반찬을 집습니다.
韓國人用筷子夾小菜。

정거장

(停車場) 車站、站牌 名

두 **정거장**만 더 가서 내리세요.

只要再過二站後就請下車。

정도

(程度) 程度、左右 名

서울에서 춘천까지 두 시간 **정도**의 거리입니다.

從首爾到春川大概是二個小時左右的距離。

정류장

[정뉴장]

(停留場) 停靠站 名

여기에서 버스 **정류장**이 멉니까?

這裡離公車站遠嗎？

정리하다

[정니하다]

(整理 - -) 整理 動

방을 **정리해야** 되는데 정말 귀찮아요.

應該要整理房間，但是真的覺得很麻煩。

정말

(正 -) 真的 副

한국어가 **정말** 재미있어요.

韓語真的很有趣。

정문

(正門) 正門 名

친구가 학교 **정문**에서 기다리고 있어요.

朋友正在學校正門等著。

ㅈ

정보

(情報) 資訊 名

이 잡지에는 좋은 **정보**가 많습니다.

這本雜誌有很多好的資訊。

정하다

(定 - -) 決定 動

여행 날짜를 **정해서** 좀 알려 주세요.

決定旅行日期後，請告訴我。

제목

(題目) 題目、片名 名

이 영화의 **제목**은 '여름일기'입니다.

這部電影的片名是「夏天日記」。

제일

(第一) 最 名

감기에 걸렸을 때 쉬는 게 **제일**입니다.

感冒的時候，休息是最好的。

제주도

(濟州島) 濟州島 名

제주도의 유채꽃이 무척 아름답습니다.

濟州島的油菜花非常漂亮。

조금

一點點 副 名

약을 사 가지고 올 테니까 **조금**만 참으세요.

我會去買藥回來，請忍耐一下。

조사하다

(調査 - -) 調査 動

경찰이 그 사건을 **조사하고** 있습니다.

警察正在調查那個事件。

조심하다

(操心 - -) 小心 動

요즘 날씨가 추워졌으니까 감기 **조심하세요**.

最近天氣變冷了，請小心感冒。

조용하다

安靜的 形

여기는 다른 곳에 비해서 아주 **조용한** 편입니다.

這裡和其他地方比起來，算是非常安靜的。

조용히

安靜地 副

늦은 시간이라서 **조용히** 이야기를 나눴습니다.

時間很晚了，所以安靜地談了話。

조카

姪子、姪女 名

조카를 데리고 동물원에 갔습니다.

帶姪子 / 姪女去了動物園。

졸업하다

[조러파다]

(卒業 - -) 畢業 動

졸업하면 뭘 할 거예요?

畢業的話要做什麼呢？

ㅈ

좀

（「조금」的縮寫）一點點 副

다음 주가 시험이라서 **좀** 바빠요.

下週考試，所以有一點忙。

좁다

窄的 形

[좁따]

지금 사는 집은 방이 너무 **좁아서** 불편합니다.

現在住的家房間太窄，很不方便。

종로

（鐘路） 鐘路 名

[종노]

종로에서 음악 축제가 열립니다.

鐘路有舉行音樂慶典。

종류

（種類） 種類 名

[종뉴]

이 도서관에는 여러 **종류**의 책이 있습니다.

這個圖書館有各個種類的書籍。

종업원

（從業員） 店員 名

[종어붠]

종업원이 친절하게 안내를 해 주었습니다.

店員親切地介紹了。

종이

紙張 名

종이로 비행기를 접었습니다.

用紙摺了飛機。

종일

一整天 名

오늘 **종일** 비가 내렸습니다.

今天下了一整天雨。

좋다

好的 形

[조타]

시설이 잘되어 있어서 살기 **좋습니다**.

設施完善，所以很適合居住。

좋아하다

喜歡 動

[조아하다]

내가 제일 **좋아하는** 음식은 불고기입니다.

我最喜歡的料理是烤肉。

죄송하다

(罪悚 - -) 抱歉的 形

[죄송하다 / 줴송하다]

늦어서 **죄송합니다**.

抱歉來晚了。

주

(週) 週 名

다음 **주**부터 세일이 시작됩니다.

下週開始有優惠活動。

주일

(週日) ～週 名

두 **주일** 동안 한국에서 여행을 했습니다.

在韓國旅行了兩週。

ㅈ

☐ 주다

給予 動

목걸이를 사서 친구에게 선물로 **줬습니다**.

買了項鍊送給朋友當作禮物。

☐ 주로

（主 - ）

主要 副

주말에는 **주로** 친구를 만납니다.

週末時主要和朋友見面。

☐ 주말

（週末）

週末 名

주말마다 서점에 가서 책을 삽니다.

每個週末會去書店買書。

☐ 주머니

口袋 名

주머니에서 동전 하나를 꺼냈습니다.

從口袋拿出了一個硬幣。

☐ 주무시다

【敬語】睡覺 動

할아버지께서는 방에서 **주무시고** 계십니다.

爺爺正在房間裡睡覺。

☐ 주문하다

（注文 - - ）

點餐、訂購 動

손님, **주문하시겠습니까**?

客人，請問要點餐了嗎？

주변

(周邊) 周邊、附近 名

우리 집 **주변**에 도서관이 생겼습니다.

我們家附近新建了一個圖書館。

주부

(主婦) 家庭主婦 名

우리 어머님은 **주부**이십니다.

我母親是家庭主婦。

주사

(注射) 打針 名

병원에 가서 **주사**를 맞았습니다.

去醫院打了針。

주소

(住所) 地址 名

편지를 보낼 때 받는 사람의 **주소**를 꼭 써야 합니다.

寄信時，一定要寫上收信人的地址。

주스

(juice) 果汁 名

나는 어제 가게에 가서 과자, **주스**, 그리고 휴지를 샀습니다.

我昨天去商店買了餅乾、果汁，還有衛生紙。

주위

(周圍) 周圍 名

학교 **주위**에는 싸고 맛있는 식당이 많이 있습니다.

學校周圍有許多便宜又好吃的餐廳。

주인
(主人) 主人 名

주말마다 집**주인** 아주머니한테 한국 요리를 배워요.
每個週末向房東大嬸學做韓國料理。

주차장
(駐車場) 停車場 名

주차장에 자동차가 많이 있습니다.
停車場裡有很多汽車。

주차하다
(駐車 - -) 停車 動

차가 너무 많아서 **주차하기** 어렵습니다.
車太多，停車很困難。

주황색
(朱黃色) 橘色 名

주황색 블라우스 좀 보여 주세요.
請給我看一下橘色女用襯衫。

죽
(粥) 粥 名

밥보다는 **죽**을 먹는 게 좋겠습니다.
吃粥應該比吃飯更好。

죽다
死 動

[죽따]

죽기 전에 꼭 해 보고 싶은 일이 있습니다.
在死之前，有非常想做的事情。

준비하다

(準備 - -) 準備 動

열심히 **준비해서** 시험을 잘 보기 바랍니다.

希望你認真準備，考試順利。

줄

隊伍 名

이 집 음식은 정말 맛있어서 항상 사람들이 **줄**을 섭니다.

這間店的料理真的很好吃，所以常常有人在排隊。

줄다

減少、縮短 動

월급이 **줄어서** 너무 힘듭니다.

月薪減少了，真的非常辛苦。

중

(中) 之中 名

우리 가족 **중**에서 아버지가 체격이 제일 크십니다.

我們家族中，父親的體格最高大。

중국

(中國) 中國 名

다음 학기에 휴학하면 **중국**으로 언어 연수를 하러 갈 겁니다.

下學期休學的話，會去中國進修語言。

중국어

[중구거]

(中國語) 中國語、中文 名

대학에서 **중국어**를 전공했습니다.

在大學主修了中文。

ㅈ

□ 중국집
[중국찝]

(中國-) 中國餐廳、中式餐廳 名

제가 **중국집**에서 가장 즐겨 먹는 음식은 짜장면과 탕수육입니다.
我在中國餐廳裡，最喜歡吃的料理是炸醬麵和糖醋肉。

□ 중식

(中食) 中式料理 名

한식, 일식, **중식** 중에서 저는 중식을 제일 좋아합니다.
韓式料理、日式料理、中式料理中，我最喜歡中式料理。

□ 중심

(中心) 中心 名

서울은 한국의 정치, 경제, 문화의 **중심**입니다.
首爾是韓國的政治、經濟、文化中心。

□ 중요하다

(重要--) 重要的 形

일을 할 때는 **중요한** 일부터 먼저 하는 게 좋습니다.
工作的時候，從重要的事情開始做比較好。

□ 중학교
[중학꾜]

(中學校) 國中 名

나중에 **중학교** 교사가 되고 싶어서 역사학을 전공합니다.
日後想成為國中教師，因此主修歷史學。

□ 중학생
[중학쌩]

(中學生) 國中生 名

저 아이는 **중학생**일 것 같습니다.
那個孩子好像是國中生。

즐거워하다

開心 動

부모님께서 선물을 받고 너무 **즐거워하셨습니다**.

父母收到禮物真的很開心。

즐겁다

[즐겁따]

開心的、愉快的 形

놀이공원에서 친구들과 **즐겁게** 놀았어요.

在遊樂園和朋友們玩得很愉快。

즐기다

享受 動

대만 사람들은 차를 **즐겨** 마십니다.

臺灣人很享受（喜歡）喝茶。

증세

（症勢）

症狀 名

감기 **증세**가 있어서 병원에 다녀왔습니다.

有感冒症狀，所以去了醫院一趟。

지갑

（紙匣）

皮夾、錢包 名

잃어버린 **지갑**을 다시 찾았습니다.

找到了遺失的皮夾。

지금

（只今）

現在 副 名

지금 어디예요?

現在在哪裡？

ㅈ

지나다 經過（地點、時間） 動

한국어를 공부한 지 1년이 **지났습니다**.
學韓語已過1年了。

지난달 上個月 名

우리는 **지난달**에 한국에 갔다 왔습니다.
我們上個月去了韓國一趟。

지난번 （--番） 上次 名

이쪽은 제가 **지난번**에 이야기한 왕웨이 씨입니다.
這邊是我上次提到的王偉先生。

지난주 （--週） 上個禮拜 名

나는 **지난주**에 도서관에서 책을 빌렸습니다.
我上個禮拜在圖書館借了書。

지내다 度過、過（時間） 動

그동안 잘 **지냈어요**?
這段時間過得好嗎？

지도 （地圖） 地圖 名

여행을 하기 전에는 먼저 **지도**를 확인하는 게 좋겠습니다.
旅行之前，最好先確認好地圖。

지방

(地方) 地方、地區 名

오늘 중부 **지방**과 남부 **지방**은 대체로 맑겠습니다.

今天中部地區和南部地區大致上會是很晴朗的天氣。

지우개

橡皮擦 名

책상 위에 **지우개**와 연필이 놓여 있습니다.

書桌上放著橡皮擦和鉛筆。

지키다

守護、遵守 動

다른 사람과 한 약속은 꼭 **지켜야** 합니다.

一定要遵守和別人的約定。

지하

(地下) 地下 名

식당은 **지하** 1층에 있습니다.

餐廳在地下1樓。

지하도

(地下道) 地下道 名

지하철역은 저기 **지하도** 근처에 있습니다.

地鐵站在那裡的地下道附近。

지하철

(地下鐵) 地鐵、捷運 名

회사에서 집까지 **지하철**로 갑니다.

從公司搭地鐵回家。

ㅈ

지하철역
(地下鐵驛) 地鐵站、捷運站 名

[지하철력]

지하철역 근처에 있는 하숙집을 구하려고 합니다.

想要找在地鐵站附近的寄宿家庭。

직업
(職業) 職業 名

[지겁]

아버지의 **직업**은 변호사입니다.

父親的職業是律師。

직원
(職員) 職員、員工 名

[지권]

저희 회사에서 **직원** 30명이 일하고 있습니다.

我們公司有30名員工在工作。

직장
(職場) 職場、公司 名

[직짱]

요즘 **직장** 생활은 어떻습니까?

最近職場生活如何？

직접
(直接) 親自 副

[직쩝]

한국에 여행을 가서 한복을 **직접** 입어 봤습니다.

去韓國旅行有親自試穿過韓服。

진달래
杜鵑花 名

진달래꽃이 활짝 피어 있어서 환상적이었습니다.

開滿了杜鵑花，很夢幻。

질
(質) 品質 名

이 가방은 가격에 비해서 **질**이 좋습니다.
這包包以這個價錢來說，品質不錯。

질문하다
(質問 - -) 提問 動

질문하면 선생님이 친절하게 설명해 주십니다.
提出問題的話，老師會很親切地回答。

짐
行李 名

미안하지만 이 **짐** 좀 옮겨 주시겠어요?
對不起，請問可以幫我搬這個行李嗎？

집
家、房子 名

지금 **집**에 가야 돼서 도와 드릴 수 없겠는데요.
現在要回家了，所以沒有辦法幫忙您。

짓다
[짇따]

蓋（房子） 動

이 집은 새로 **지은** 지 얼마 되지 않았습니다.
這間房子剛蓋好沒多久。

짜다
鹹的 形

음식이 너무 **짜서** 먹을 수 없습니다.
食物太鹹了，吃不下去。

짜리
價值、面額 名

동전이 있으면 백원**짜리**로 좀 바꿔 주시겠어요?
如果有硬幣的話，請問可以和您換一百元的嗎？

짧다
[짤따]
短的 形

머리를 **짧게** 잘랐습니다.
把頭髮剪得很短。

쪽
~頁 名

215**쪽**을 보십시오.
請看第215頁。

쯤
~左右 接

소포가 내일**쯤** 도착할 겁니다.
包裹明天左右會到達。

찌개
湯、鍋 名

한국에는 **찌개** 요리가 특히 많습니다.
韓國鍋類料理特別多。

찍다
[찍따]
拍（照） 動

예쁜 사진도 **찍고** 맛있는 음식도 많이 먹었습니다.
照了漂亮的相片，也吃了很多好吃的食物。

ㅊ

□ 차

(車) 車子 名

내일은 눈이 올 것 같으니까 **차**를 안 가지고 가는 게 좋겠습니다.
明天可能會下雪，所以不要開車子去會比較好。

□ 차

(茶) 茶 名

같이 **차**를 마시러 갑시다.
一起去喝茶吧。

□ 차갑다

[차갑따]

冰冷的 形

차가운 물보다 따뜻한 물을 마시는 게 좋습니다.
和冰水比起來，喝溫水會比較好。

□ 차다

踢（球） 動

친구들과 공을 **차면서** 놀았습니다.
和朋友們踢球玩了。

□ 차리다

準備（菜） 動

차린 건 별로 없지만 맛있게 드세요.
準備的菜雖然沒有很多，請盡情享用。

□ 착하다

[차카다]

善良的 形

그 친구는 마음이 따뜻하고 **착한** 사람이에요.
那位朋友是內心溫暖又善良的人。

참

真的是、真實地 副

요즘 날씨가 **참** 덥습니다.
最近天氣真的很熱。

창문

(窓門) 窗戶 名

이 방은 **창문**이 커서 공기가 아주 잘 통합니다.
這房間的窗戶很大，所以非常通風。

찾다

[찯따]

尋找；領取 動

그 식당은 조금 멀지만 잘 **찾을** 수 있을 겁니다.
那間餐廳雖然有點遠，但還是可以找到的。
은행에 돈을 **찾으러** 갔습니다.
去銀行領了錢。

찾아가다

[차자가다]

去找（某處、某人） 動

거기까지 혼자 **찾아갈** 수 있겠어요?
自己一個人去找得到那裡嗎？

찾아오다

[차자오다]

（訪問）找 動

여기는 관광객이 많이 **찾아오는** 곳입니다.
這裡是觀光客常會來的地方。

채소

(菜蔬) 蔬菜 名

채소를 많이 먹는 것이 건강에 좋습니다.
多吃蔬菜對健康有益。

ㅊ

책

(冊) 書 名

어제 집에서 **책**을 읽고 있을 때 친구가 찾아왔습니다.
昨天在家裡念書的時候，朋友來找了我。

책상

[책쌍]

(冊床) 書桌 名

무거워서 그러는데, 이 **책상**을 같이 좀 옮겨 주세요.
因為太重了，請一起幫忙搬一下這張書桌。

책장

[책짱]

(冊欌) 書架 名

책장에 책을 여러 권 꽂아 놓았습니다.
在書架上插了幾本書。

처음

第一次 名

일본 여행은 이번이 **처음**입니다.
日本旅行，這次是第一次。

천

(千) 千 數

혹시 **천** 원짜리 다섯 장으로 좀 바꿀 수 있을까요?
請問可以換成五張一千元嗎？

천천히

慢慢地 副

죄송한데 **천천히** 다시 한 번 이야기해 주시겠어요?
抱歉，請問可以再慢慢地說一次嗎？

철

季節 名

장마**철**에는 빨래가 잘 마르지 않습니다.

梅雨季時，洗的衣服曬不太乾。

첫

[철]

初～ 冠

이 그림은 준수 씨의 **첫** 작품입니다.

這幅畫是俊秀先生的第一個作品。

첫째

[철째]

第一～ 數 冠

첫째도 건강, 둘째도 건강, 건강이 제일 중요합니다.

第一也是健康，第二也是健康，健康是最重要的。

청바지

（靑－－）

牛仔褲 名

이 **청바지**는 저한테 좀 큰 것 같습니다.

這件牛仔褲對我來說好像有點大。

청소기

（淸掃機）

吸塵器 名

인터넷에서 **청소기**를 한 대 샀습니다.

在網路上買了一臺吸塵器。

청소하다

（淸掃－－）

打掃 動

주말에는 방을 **청소할까** 합니다.

想說要不要在週末時打掃房間。

ㅊ

초대하다

(招待--) 招待、邀請 動

이렇게 **초대해** 주셔서 감사합니다.
感謝您們如此地招待。

초등학교

[초등학꾜]

(初等學校) 國小、小學 名

민호 씨 아들은 지금 **초등학교** 3학년입니다.
民浩先生的兒子現在是小學3年級。

초등학생

[초등학쌩]

(初等學生) 小學生 名

초등학생은 아침 9시부터 수업을 시작합니다.
小學生早上9點開始上課。

초록색

[초록쌕]

(草綠色) 綠色 名

수연 씨는 오늘 **초록색** 블라우스와 까만색 치마를 입고 있습니다.
秀妍小姐今天穿綠色的女用襯衫和黑色裙子。

초콜릿

[초콜릳]

(chocolate) 巧克力 名

이 **초콜릿**은 좀 단 것 같습니다.
這巧克力好像有點甜。

촬영하다

[촤령하다]

(撮影--) 拍攝 動

이곳은 드라마를 **촬영한** 곳으로 유명합니다.
這個地方因為拍攝電視劇而聞名。

최고

(最高) 最好、最棒 名

앞으로 열심히 노력해서 **최고**의 선수가 되고 싶습니다.
以後會認真努力，想要成為最棒的選手。

추다

跳（舞） 動

춤을 **추면서** 노래를 부릅니다.
邊跳舞邊唱歌。

추석

(秋夕) 中秋節 名

올해 **추석**에는 부모님을 만나러 고향에 다녀왔습니다.
今年中秋節回去了故鄉一趟和父母相聚。

추억

(追憶) 回憶 名

한국에서 친구들하고 여행을 하면서 좋은 **추억**을 많이 만들었습니다.
在韓國和朋友們一起旅行，創造了許多美好的回憶。

축구

[축꾸]

(蹴球) 足球 名

시간이 있을 때 보통 수영이나 **축구**를 합니다.
有空的時候，通常會游泳或踢足球。

축제

[축쩨]

(祝祭) 慶祝儀式、慶典 名

지난 주말에는 불꽃 **축제**를 구경하러 갔다 왔습니다.
上週末去看了花火節。

ㅊ

□ 축하하다

[추카하다]

(祝賀 - -) 恭喜、祝賀 動

린다 씨의 생일을 진심으로 **축하합니다**.

真心地祝琳達小姐生日快樂。

□ 출구

(出口) 出口 名

명동역에서 내려서 4번 **출구**로 나오세요.

請在明洞站下車，然後從4號出口出來。

□ 출근하다

(出勤 - -) 上班 動

저는 회사에 **출근하면** 제일 먼저 커피를 한 잔 마십니다.

我去公司上班的話，第一件事就是先喝一杯咖啡。

□ 출발하다

(出發 - -) 出發 動

출발하겠습니다. 손님 여러분은 자리에 앉아 주시기 바랍니다.

要出發了。請各位乘客坐在位子上。

□ 출장

[출짱]

(出張) 出差 名

이번에 한국으로 **출장**을 오게 되었습니다.

這次來到韓國出差。

□ 춤

舞蹈 名

저는 보통 하루에 두세 시간 정도 **춤**을 춥니다.

我通常一天跳舞二三個小時左右。

춤추다

跳舞 動

저는 보통 **춤추면서** 스트레스를 풉니다.
我通常會跳舞來紓解壓力。

춥다

[춥따]

冷的 形

추운 날씨지만 많은 사람들이 줄을 서 있습니다.
雖然天氣冷，但還是有很多人在排隊。

취미

(趣味) 興趣、愛好 名

제 **취미**는 사진을 찍는 것입니다.
我的興趣是拍照。

취소하다

(取消 - -) 取消 動

호텔 예약을 **취소하려고** 전화를 했습니다.
想要取消飯店的預約而打了電話。

취직하다

[취지카다]

(就職 - -) 就職 動

한국 회사에 **취직하려고** 한국어를 배우고 있습니다.
為了要進韓國公司工作，所以正在學韓語。

층

(層) ～樓 名

사무실은 2**층**에 가면 있습니다.
走到2樓就有辦公室。

ㅊ

치과

(齒科) 牙科 名

[치꽈]

치과에 가서 이를 치료했습니다.

去牙科看了牙齒。

치다

打（球）；彈（吉他、鋼琴） 動

저는 운동 중에서 테니스를 **치는** 것을 가장 좋아합니다.

我在所有運動當中，最喜歡打網球。

제 취미는 기타나 피아노를 **치는** 것입니다.

我的興趣是彈吉他或鋼琴。

치료하다

(治療- -) 治療 動

의사들은 언제나 환자들의 병을 **치료하기** 위해서 노력합니다.

醫師們總是為了治療患者的病而努力。

치마

裙子 名

제 친구는 **치마**를 자주 입는 편입니다.

我朋友算是常常穿裙子的人。

치약

(齒藥) 牙膏 名

오늘은 편의점에 가서 **치약**, 칫솔, 그리고 휴지를 샀습니다.

今天去便利商店買了牙膏、牙刷，和衛生紙。

친구

(親舊) 朋友 名

저기 까만색 양복을 입은 사람이 제 **친구**입니다.

那邊穿黑色西裝的人是我朋友。

친절하다

(親切 - -) 親切的 形

친절한 사람은 어디에서든지 환영받습니다.
親切的人無論在哪裡都受歡迎。

친척

(親戚) 親戚 名

평소에도 자주 **친척**들과 연락하십니까?
平時也常常和親戚們聯絡嗎？

친하다

(親 - -) 親近的、要好的 形

친한 친구가 고향에 돌아가게 되어서 정말 섭섭합니다.
要好的朋友回故鄉去了，實在是捨不得。

칠

(七) 七 數

칠은 행운의 숫자입니다.
七是幸運的數字。

칠십

[칠씹]

(七十) 七十 數

이 달걀은 한 개에 **칠십** 원입니다.
這雞蛋一顆七十元。

칠월

[치뤌]

(七月) 七月 名

칠월에는 날씨가 무척 덥고 습도도 높습니다.
七月時天氣非常熱，濕度也很高。

칠판 (漆板) 黑板 名

칠판에 글씨를 좀 크게 써 주시겠어요?

黑板上的字可以寫大一點嗎？

침대 (寢臺) 床 名

침대에 누워서 책을 봤습니다.

躺在床上看了書。

칫솔 (齒 -) 牙刷 

[칟쏠]

여행 때 필요할 테니까 **칫솔**과 치약을 준비해 놓으세요.

因為旅行時會需要，所以請準備好牙刷和牙膏。

ㅋ

카드

(card) 卡、卡片 名

현금 **카드**를 만들려고 합니다.
想要辦現金卡。

카레

(curry) 咖哩 名

카레는 맛도 좋고 건강에도 좋습니다.
咖哩很好吃，對健康也很好。

카메라

(camera) 相機 名

카메라가 고장이 난 것 같습니다.
相機好像壞掉了。

카페

(café) 咖啡廳 名

카페에서 커피를 마시면서 친구와 이야기를 했습니다.
在咖啡廳裡一邊喝咖啡一邊和朋友聊了天。

칼

刀子 名

칼에 손을 베었어요.
手被刀子割到了。

캐나다

(Canada) 加拿大 名

저는 이번 휴가 때 **캐나다**에 다녀왔습니다.
我這次休假去了趟加拿大。

ㅋ

☐ 커피
(coffee) 咖啡 名

저는 아침마다 **커피**를 한 잔 마십니다.
我每天早上都喝一杯咖啡。

☐ 커피숍
(coffee shop) 咖啡廳 名

그 **커피숍**은 여기에서 좀 멀지만 찾기 쉽습니다.
那家咖啡廳雖然離這裡有點遠，但是很容易找。

☐ 컴퓨터
(computer) 電腦 名

방학에는 **컴퓨터**를 배우러 다니려고 합니다.
放假時打算去學電腦。

☐ 컵
(cup) 杯子 名

예쁜 **컵**을 사서 친구에게 선물했습니다.
買了漂亮的杯子當作禮物送給了朋友。

☐ 케이크
(cake) 蛋糕 名

나는 맛있는 **케이크**를 먹으면 기분이 좋아져요.
我若吃到好吃的蛋糕，心情會變好。

☐ 켜다
開（電器） 動

드라마를 보려고 텔레비전을 **켰습니다**.
想要看電視，所以開了電視。

코

鼻子 名

코가 막혀서 숨쉬기 답답합니다.

鼻塞，所以呼吸起來悶悶的。

코트

(coat) 外套、大衣 名

날씨가 추운데, **코트**를 입고 나가는 게 좋겠어요.

天氣冷，穿著外套出去會比較好。

코피

鼻血 名

코피가 날 때는 코를 꽉 누르세요.

流鼻血的時候，請把鼻子緊緊地壓住。

콜라

(cola) 可樂 名

시원한 음료수를 마시고 싶을 때는 **콜라**를 한번 마셔 보세요.

想喝清涼的飲料時，可以喝可樂看看。

콧물

[콘물]

鼻水 名

콧물이 나고 기침을 해요.

流鼻水又咳嗽。

콩

豆子 名

콩으로 두부를 만듭니다.

用豆子做豆腐。

크기

大小 名

크기에 따라 다르지만 50만 원 정도면 좋은 원룸을 구할 수 있습니다.

雖然（價格）會隨著（房間）大小而有所差異，但50萬元左右的話，還是可以找到一間好的套房。

크다

大的 形

창문이 **커서** 공기가 잘 통합니다.

窗戶大，所以空氣很流通。

크리스마스

(Christmas) 聖誕節 名

올해 **크리스마스**에는 눈이 내렸으면 좋겠습니다.

今年的聖誕節下雪的話就好了。

큰아버지

[크나버지]

大伯 名

큰아버지는 중학교에서 영어를 가르치십니다.

大伯在國中教英文。

큰어머니

[크너머니]

大伯母 名

큰어머니는 주부세요.

大伯母是家庭主婦。

키

身高 名

우리 오빠는 농구 선수처럼 **키**가 큽니다.

我的哥哥就和籃球選手一樣，身高很高。

킬로그램 (kilogram) 公斤 名

짐은 비행기로 몇 **킬로그램**까지 보낼 수 있습니까?
行李空運載重可以到幾公斤？

킬로미터 (kilometer) 公里 

여기에서 남쪽으로 25**킬로미터**쯤 떨어져 있습니다.
在距離這裡南邊約25公里處。

ㅌ

타다

搭（車） 動

273번 버스를 **타고** 가면 됩니다.

搭273號公車去就可以了。

탁구

（卓球） 桌球 名

[탁꾸]

저는 **탁구** 치는 것을 좋아합니다.

我喜歡打桌球。

태국

（泰國） 泰國 名

저는 **태국** 방콕에서 온 마야라고 합니다.

我是從泰國曼谷來的，叫做馬雅。

태권도

（跆拳道） 跆拳道 名

[태꿘도]

태권도를 배워 본 적이 있으십니까?

您曾經學過跆拳道嗎？

태어나다

出生 動

저는 전라도 광주에서 **태어났습니다**.

我在全羅道光州出生。

태풍

（颱風） 颱風 名

일기 예보를 봤는데, 내일은 **태풍**이 불 겁니다.

看了氣象預報，明天颱風會來。

택시

[택씨]

(taxi) 計程車 名

시간이 없으니까 **택시**를 타는 게 어때요?

沒有時間了，搭計程車如何？

탤런트

(talent) 電視劇演員 名

탤런트 김수현을 좋아해서 한국어를 배우기 시작했습니다.

因為喜歡電視劇演員金秀賢，所以開始學韓語。

터미널

(terminal) 轉運站 名

안암역에서 고속버스 **터미널**까지 어떻게 가야 됩니까?

從安岩站到高速巴士轉運站應該要怎麼去？

테니스

(tennis) 網球 名

친구를 만나서 **테니스**를 쳤습니다.

和朋友碰面打了網球。

테이블

(table) 桌子 名

테이블 위에 있는 돈은 이번 달 하숙비입니다.

桌上的錢是這個月的住宿費。

텔레비전

(television) 電視 名

어머니는 시간이 있을 때 보통 집에서 **텔레비전**이나 영화를 보십니다.

母親有空時，一般會在家看電視或是看電影。

ㅌ

토마토 (tomato) 番茄 名

토마토 3,000원어치 주세요.
請給我3,000元份量的番茄。

토요일 (土曜日) 星期六 名

토요일마다 산에 갑니다.
每個星期六去山上。

통 (通) ~封（信） 名

부모님께 편지 한 **통**을 써서 보냈습니다.
寫了一封信寄給父母。

통장 (通帳) 存摺 名

친구가 **통장** 만드는 것을 도와줬습니다.
朋友幫我辦了存摺。

통하다 (通 - -) 相通、通過 動

처음에는 말이 안 **통해서** 너무 답답했습니다.
剛開始語言不通，實在很鬱悶。

퇴근하다 (退勤 - -) 下班 動

퇴근한 후에 친구를 만날 겁니다.
下班後會去和朋友見面。

특별히

[특뼐히]

(特別－) 特別地 副

특별히 좋아하는 음식은 없습니다.

沒有特別喜歡的食物。

특징

[특찡]

(特徵) 特徵、特色 名

이 옷의 **특징**을 말씀 드리겠습니다.

向您說明一下這件衣服的特色。

특히

[트키]

(特－) 尤其、特別地 副

저는 한국 음식을 좋아하는데, **특히** 김치찌개를 좋아합니다.

我喜歡韓國料理，尤其是辛奇鍋（韓國泡菜鍋）。

틀다

開（電器用品）；放（音樂） 動

노래를 들으려고 라디오를 **틀었습니다**.

想要聽歌，所以打開了收音機。

틀리다

錯 動

틀린 문제를 다시 한 번 확인해 보았습니다.

再確認了一次錯誤的問題。

티셔츠

(T-shirt) T恤 名

그건 별로 마음에 안 드니까 갈색 **티셔츠** 말고 빨간색 남방으로 보여 주세요.

沒有很喜歡那個，不要咖啡色T恤，請給我看看紅色的襯衫。

팀

(team) 隊 

이번에도 우리 **팀**이 이겼습니다.

這一次也是我們這隊贏了。

ㅌ

ㅍ

파

蔥 名

처음에는 **파**를 먹기 싫어했는데, 이제는 **파**도 좋아하게 되었습니다.

剛開始雖然討厭吃蔥，但是現在變得喜歡吃蔥了。

파란색

(- -色)

藍色 名

이 **파란색** 치마는 길이가 좀 짧은 것 같습니다.

這件藍色裙子的長度好像有點短。

파랗다

[파라타]

藍的 形

파란 하늘을 보고 있으면 기분이 좋아집니다.

看著藍藍的天空，心情會變好。

파티

(party)

派對 名

생일 **파티** 장소를 알려 드릴게요.

我會告訴您生日派對的場所。

팔

手臂 名

사고 때문에 **팔**을 다쳤습니다.

因事故，傷到手臂了。

팔

(八)

八 數

오늘은 **팔**호 교실에서 수업을 합니다.

今天在八號教室上課。

팔다

賣 動

우리 가게에서는 미성년자에게 술을 **팔지** 않습니다.
我們店裡不賣酒給未成年的人。

팔리다

被賣 動

요즘 이 옷이 아주 잘 **팔립니다**.
最近這件衣服賣得很好。

팔십

[팔씹]

(八十) 八十 數

대만에서 보통 도시락은 한 개에 **팔십** 원 정도입니다.
在臺灣通常一個便當是八十元左右。

팔월

[파뤌]

(八月) 八月 名

팔월에도 태풍이 오기는 하는데 자주 오지는 않아요.
雖然八月時也有颱風，但不會常常有。

패션

(fashion) 時尚 名

제 친구는 **패션** 감각이 뛰어납니다.
我的朋友對時尚感特別敏銳。

펴다

翻開、展開 動

여러분, 교과서 20페이지를 **펴세요**.
各位，請翻開課本第20頁。

편　(篇)　～部（電影）名

오늘은 시간이 좀 있어서 영화를 한 **편** 보고 왔습니다.
今天比較有空，所以去看了一部電影後才來。

편지　(便紙 / 片紙)　信 名

어제는 가족에게 **편지**를 썼습니다.
昨天寫信給家人了。

편하다　(便 - -)　舒服的、舒適的 形

친구와 함께 있을 때 가장 **편합니다**.
和朋友在一起時最舒服。

평일　(平日)　平日 名

평일에는 주로 회사에서 일합니다.
平日主要是在公司上班。

포도　(葡萄)　葡萄 名

요즘은 **포도**가 싱싱하고 맛있습니다.
最近的葡萄新鮮又好吃。

포장　(包裝)　包裝 名

이건 선물할 거니까 예쁘게 **포장**해 주세요.
這個要當禮物送人，所以請幫我包裝得漂亮一點。

표 (表) 表格 名

이 **표**에 이름과 연락처를 적어 주시기 바랍니다.
請在這表格裡填寫姓名及聯絡方式。

표현 (表現) 表達、表現 名

아래의 **표현**과 비슷한 것을 고르십시오.
請選擇和下面表達相似的選項。

푹 充分、好好地 副

어제는 일이 없어서 집에서 **푹** 쉬었습니다.
昨天沒什麼事，所以在家好好地休息了。

풀 草 名

공원에 **풀**과 나무가 많이 자라고 있습니다.
公園裡長著很多草與樹木。

풀다 打開、解開 動

시험을 보기 전에 기출 문제를 많이 **풀어** 봤습니다.
考試前有試著解了很多考古題。

프랑스 (France) 法國 名

프랑스 파리는 오래된 건물과 아름다운 거리가 있는 곳입니다.
法國巴黎是一個有古老建築物和美麗街景的地方。

프로그램 (program) 節目；（電腦）程式 名

한글 **프로그램**이 안 되는데 이것 좀 봐 주시겠습니까?
韓文程式不能用，可以幫我看一下這個嗎？

피곤하다 (疲困 - -) 累的、疲倦的 形

어제 잠을 잘 못 자서 너무 **피곤합니다**.
昨天沒睡好，所以很累。

피다 開（花） 動

노란 유채꽃이 예쁘게 **피어** 있습니다.
黃色的油菜花正開得很漂亮。

피아노 (piano) 鋼琴 名

기분이 좋을 때는 **피아노**를 치면서 노래를 부릅니다.
心情好時，會邊彈鋼琴邊唱歌。

피우다 抽（菸）；點燃 動

여기에서 담배를 **피우지** 마십시오.
請不要在這裡抽菸。

피자 (pizza) 披薩 名

오래 기다리셨습니다. 주문하신 **피자** 나왔습니다.
讓您久等了。您點的披薩來了。

□ 필름

(film) 底片 名

편의점에서 **필름**을 좀 사다 주세요.

請去便利商店買底片給我。

□ 필요하다

(必要 - -) 需要的 形

[피료하다]

필요한 것이 있으면 언제든지 말씀해 주십시오.

有需要的東西，請隨時和我說。

□ 필통

(筆筒) 鉛筆盒 名

필통에 여러 가지 펜이 가득 들어 있습니다.

鉛筆盒裡放滿了各種的筆。

ㅎ

하나

一 數

남대문시장에 가서 청바지를 **하나** 샀습니다.

去南大門市場買了一件牛仔褲。

하늘

天空 名

하늘에 구름이 많이 끼었습니다.

天空佈滿了雲。

하늘색

[하늘쌕]

(- -色) 淺藍（天空藍）色 名

하늘색 옷은 많이 있으니까 다른 색으로 좀 보여 주세요.

家裡有很多淺藍色的衣服了，請給我看其他顏色的衣服。

하다

做 動

저는 지금 **하는** 일이 없습니다.

我現在沒事情做（沒工作）。

하루

一天 名

하루에 세 번, 식후 삼십 분에 한 봉지씩 드시면 됩니다.

一天三次，飯後三十分鐘吃一包就可以了。

하숙

(下宿) 寄宿 名

저는 학교 근처에서 **하숙**을 하고 있습니다.

我在學校附近寄宿。

☐ 하숙집

[하숙찝]

(下宿 -) 寄宿家庭 名

이번 방학에 다른 **하숙집**으로 옮길까 합니다.

這次放假考慮要不要搬到別的寄宿家庭。

☐ 하얀색

(- - 色) 白色 名

하얀색 옷이 많으니까 오늘은 까만색을 사려고 합니다.

我有很多白色的衣服了，所以今天打算買黑色的衣服。

☐ 하얗다

[하야타]

白的 形

하얀 눈이 내립니다.

下白雪。

☐ 하지만

但是、可是 副

오늘은 눈이 안 옵니다. **하지만** 바람이 많이 불어서 춥습니다.

今天沒有下雪。但是因為風颳得很大，所以很冷。

☐ 학교

[학꾜]

(學校) 學校 名

학교 안에 식당이 있지만 여섯 시까지만 문을 엽니다.

學校裡雖然有餐廳，但是只開到六點。

☐ 학기

[학끼]

(學期) 學期 名

학기가 시작돼서 요즘 좀 바쁩니다.

學期開始了，所以最近比較忙。

ㅎ

학년
[항년]
(學年) 年級 名
우리 형은 지금 대학교 3**학년**입니다.
我的哥哥現在大學3年級。

학생
[학쌩]
(學生) 學生 名
학생들에게 한국어를 가르치는 것이 너무 행복합니다.
教學生韓語很幸福。

학생증
[학쌩쯩]
(學生證) 學生證 名
학생증이 있으면 할인을 받을 수 있습니다.
有學生證的話，可以打折。

학원
[하권]
(學院) 補習班 名
저는 **학원**에서 한국어를 배우고 있습니다.
我正在補習班學韓語。

한
一 冠
저는 미국 친구가 **한** 명 있습니다.
我有一位美國朋友。

한강
(漢江) 漢江 名
서울에는 **한강** 시민공원이 있는데 누구든지 와서 운동할 수 있습니다.
首爾有漢江市民公園，任何人都可以來這裡運動。

한국

(韓國) 韓國 名

한국에 온 지 육 개월 되었습니다.
來韓國已經六個月了。

한국말

[한궁말]

(韓國 -) 韓國話 名

이제는 **한국말**을 잘하게 되었습니다.
現在變得很會說韓國話了。

한국어

[한구거]

(韓國語) 韓語、韓文 名

한국 회사에 취직하려고 **한국어**를 공부합니다.
想進韓國公司，所以學韓語。

한글

韓國文字 名

한글을 만들기 전까지는 글자를 모르는 사람들이 많았습니다.
韓文創制之前，曾經有很多人是不認識字的。

한번

(- 番) 一次 名

이번 주말에는 인사동에 **한번** 가 보세요.
這個週末請去一次仁寺洞看看吧。

한복

(韓服) 韓服 名

은지 씨가 **한복**을 입으니까 딴사람 같았습니다.
恩智小姐因為穿了韓服，看起來就像另外一個人似的。

한식

(韓食) 韓式料理、韓國菜 名

저는 매운 음식을 좋아해서 **한식**이 입에 잘 맞습니다.
我喜歡吃辣的食物，所以韓國菜很合我的口味。

한자

[한짜]

(漢字) 漢字 名

우리 아버지는 **한자**를 많이 아십니다.
我的父親懂很多漢字。

할머니

奶奶 名

할머니 건강이 더 나빠지실까 봐 걱정입니다.
擔心奶奶的健康每況愈下。

할아버지

[하라버지]

爺爺 名

할아버지께서 요즘 좀 편찮으십니다.
爺爺最近身體不太好。

할인

[하린]

(割引) 折扣、優惠 名

할인 항공권을 이용하면 항공료가 많이 들지 않을 겁니다.
使用優惠機票的話，機票錢就不會花很多。

함께

一起 副

자주 그 친구와 **함께** 영어로 이야기를 합니다.
常常和那個朋友一起用英語聊天。

합격

[합껵]

(合格) 合格 名

준비를 잘 하고 있으니까 꼭 **합격**할 겁니다.

好好地準備了，一定會合格的。

항상

總是 副

저는 드라마를 좋아해서 시간이 있을 때는 **항상** 드라마를 봅니다.

我很喜歡電視劇，所以有空的時候總是會看電視劇。

해

太陽 名

비가 그치고 **해**가 났습니다.

雨停了，太陽出來了。

ㅎ

해외

[해외 / 해웨]

(海外) 海外、國外 名

해외로 여행을 갈 때는 여권이 있어야 합니다.

去海外旅行時，一定要有護照。

해외여행

[해외여행 / 해웨여행]

(海外旅行) 海外旅行、國外旅行 名

저는 아직 **해외여행**을 해 본 적이 없습니다.

我還沒有去國外旅行過。

핸드폰

(hand phone) 手機 名

이제는 **핸드폰**으로 여러 가지 일을 할 수 있게 되었습니다.

現在變成可以使用手機做各種的事情。

□ 햄버거

(hamburger) 漢堡 名

오늘 저녁은 아이들이 좋아하는 **햄버거**를 먹을까요?
今天晚餐要去吃小孩喜歡的漢堡嗎？

□ 햇빛

[해삗 / 핻삗]

陽光 名

햇빛도 잘 들고 공기도 잘 통하는 집이었으면 좋겠습니다.
如果是陽光充足、空氣又流通的屋子，該有多好。

□ 행복

(幸福) 幸福 名

두 분의 **행복**을 빕니다.
祝二位幸福。

□ 행사

(行事) 活動 名

지금 슈퍼마켓에서 할인 **행사**를 하고 있습니다.
現在超市裡正在舉辦折扣活動。

□ 허리

腰部 名

허리가 아파서 일을 할 수 없습니다.
腰好痛，無法工作了。

□ 현금

(現金) 現金 名

지갑에 **현금** 10만 원과 신분증이 들어 있습니다.
皮夾裡有現金10萬元和身分證。

현재

(現在) 現在 名

현재까지 모두 스무 명이 신청을 했습니다.

到現在為止共有二十個人申請了。

형

(兄) （男生用語）哥哥 名

저는 **형**이 한 명 있습니다.

我有一個哥哥。

형제

(兄弟) 兄弟、兄弟姊妹 名

저는 **형제**가 많습니다.

我有很多兄弟姊妹。

호

(號) ～號 名

우리 집은 서울아파트 101동 1515**호**입니다.

我家是首爾公寓101洞1515號。

호랑이

(虎狼 -) 老虎 名

우리 선생님은 수업 때는 **호랑이**처럼 무섭지만 마음이 무척 따뜻한 분이십니다.

我們老師雖然在上課時像老虎一樣可怕，但是是內心非常溫暖的人。

호주

(濠洲) 澳洲 名

저는 **호주**에 가서 캥거루를 봤습니다.

我去澳洲看到了袋鼠。

호텔

(hotel) 飯店 名

마침 **호텔**만큼 전망이 좋은 데가 있습니다.

正好有如同飯店般景觀很好的地方。

혼자

一個人、獨自 名

밤에 **혼자** 있을 때나 이상한 사람이 옆을 지나갈 때 무섭습니다.

晚上一個人的時候，或是當奇怪的人經過身旁時，會感到害怕。

홈페이지

(homepage) 網站 名

홈페이지에 의견을 남겨 주세요.

請在網站上留下意見。

홍차

(紅茶) 紅茶 名

제 고향은 **홍차**로 유명한 곳입니다.

我的故鄉是以紅茶而有名的地方。

화

(火) (生)氣、火氣 名

사람들은 기분이 나쁠 때 **화**를 내기도 합니다.

人在心情不好的時候也會生氣。

화가

(畫家) 畫家 名

화가가 되려고 지금 미술을 전공하고 있습니다.

想要成為畫家，所以現正專攻美術。

☐ **화나다** (火 - -) 生氣 動

내가 심한 거짓말을 해서 누나가 많이 **화났습니다**.
我說了一個很過分的謊，所以姊姊很生氣。

☐ **화내다** (火 - -) 生氣 動

자주 **화내면** 건강에 나쁩니다.
常常生氣對健康不好。

☐ **화요일** (火曜日) 星期二 名

화요일마다 한국어 언어교환 친구를 만나서 같이 공부합니다.
每個星期二見韓語語言交換的朋友，一起學習。

ㅎ

☐ **화장** (化粧) 化妝 名

오늘은 **화장**을 하고 외출했습니다.
今天化了妝外出。

☐ **화장실** (化粧室) 廁所、洗手間 名

사토 씨는 전화하러 나갔거나 **화장실**에 갔을 겁니다.
佐藤先生可能是出去打電話，或是去洗手間了。

☐ **화장품** (化粧品) 化妝品 名

새 **화장품**을 사용한 후에 얼굴에 뭐가 난 것 같습니다.
使用新的化妝品後，臉上好像長了什麼東西。

확인하다

(確認 - -) 確認 動

[화긴하다]

방금 22만 원을 송금했으니까 **확인해** 주시기 바랍니다.

剛剛匯了22萬元過去，請您確認一下。

환영하다

(歡迎 - -) 歡迎 動

[화녕하다]

대만에 오신 것을 **환영합니다**.

歡迎來到臺灣。

환자

(患者) 病人、患者 名

의사 선생님이 **환자**를 치료하고 있습니다.

醫師正在治療病人。

회사

(會社) 公司 名

[회사 / 훼사]

집이 **회사**에서 가깝습니다.

家離公司很近。

회사원

(會社員) 上班族 名

[회사원 / 훼사원]

저는 **회사원**이라서 낮에는 한국어를 공부하기가 어렵습니다.

我是上班族，所以白天要學韓語很難。

회색

(灰色) 灰色 名

[회색 / 훼색]

이번 주말에는 **회색** 정장을 사러 시내에 갈 겁니다.

這個週末要去市區買灰色西裝。

회의
[회이 / 훼이]

(會議) 會議 名

중요한 **회의**가 있어서 지금 가 봐야 합니다.
有重要會議，所以現在要走了。

횡단보도
[횡단보도 / 휑단보도]

(橫斷步道) 斑馬線 名

백화점은 저기 **횡단보도** 근처에 있습니다.
百貨公司在那邊斑馬線附近。

후

(後) ～後 名

식사 **후**에 이 약을 드십시오.
吃完飯後請服這個藥。

후배

(後輩) 學弟妹、晚輩 名

친한 **후배**가 한국 유학을 마치고 대만에 돌아왔습니다.
很熟的學弟 / 學妹在韓國留學結束後，回到臺灣了。

휴가

(休暇) 休假 名

다음 **휴가** 때는 고향에 부모님을 만나러 다녀올까 해요.
考慮在下次休假時，回故鄉與父母相聚。

휴대 전화

(携帶電話) 手機 名

휴대 전화 사는 것을 도와줄 수 있어요?
請問可以幫忙買手機嗎？

ㅎ

휴일

(休日) 休假日 名

휴일에는 친구와 함께 영화를 보거나 운동을 합니다.
休假時會和朋友一起去看電影或運動。

휴지

(休紙) 衛生紙 名

어제는 가게에 가서 **휴지**와 치약을 샀어요.
昨天去商店買了衛生紙和牙膏。

휴지통

(休紙桶) 垃圾桶 名

아무 데나 휴지를 버리지 말고 **휴지통**에 버리십시오.
不要亂丟衛生紙，請丟到垃圾桶。

흐리다

模糊的、昏暗的、（天氣）陰的 形

다음 주에도 **흐린** 날씨가 계속되겠습니다.
下週也持續是陰天。

흰색

[힌색]

(-色) 白色 名

저는 밝은 색을 좋아해서 **흰색** 옷을 즐겨 입습니다.
我喜歡亮的顏色，所以喜歡穿白色衣服。

힘

力量 名

아는 것이 **힘**입니다.
知識就是力量。

□ 힘들다

累人的、有困難的 形

힘들 때는 부모님이나 친구들에게 전화합니다.

有困難的時候，會打電話給父母或朋友。

ㅎ

附錄

必備單字中文索引

英文字母

一劃

二劃

三劃

四劃

五劃

六劃

七劃

八劃

九劃

十劃

十一劃

十二劃

十三劃

十四劃

十五劃

十六劃

十七劃

十八劃

十九劃

二十劃

二十一劃

二十三劃

二十四劃

二十五劃

國家圖書館出版品預行編目資料

新韓檢初級必備單字1500 新版
TOPIK I 필수어휘 1500 /
崔皓熲、高俊江、朴權熙、柳多靜合著
-- 修訂初版 -- 臺北市：瑞蘭國際, 2023.07
304面；14.8 × 21公分 --（外語達人系列；25）
ISBN：978-626-7274-40-8（平裝）
1. CST：韓語 2. CST：詞彙 3. CST：能力測驗

803.289 112010830

外語達人系列 25

新韓檢初級必備單字1500 新版
TOPIK I 필수어휘 1500

作者｜崔皓熲、高俊江、朴權熙、柳多靜
責任編輯｜潘治婷、王愿琦
校對｜崔皓熲、高俊江、朴權熙、柳多靜、潘治婷

韓語錄音｜高俊江、吉佳媛
錄音室｜采漾錄音製作有限公司
封面設計｜劉麗雪、陳如琪
版型設計、內文排版｜陳如琪

瑞蘭國際出版
董事長｜張暖彗・社長兼總編輯｜王愿琦
編輯部
副總編輯｜葉仲芸・主編｜潘治婷
設計部主任｜陳如琪
業務部
經理｜楊米琪・主任｜林湲洵・組長｜張毓庭

出版社｜瑞蘭國際有限公司・地址｜台北市大安區安和路一段104號7樓之1
電話｜(02)2700-4625・傳真｜(02)2700-4622・訂購專線｜(02)2700-4625
劃撥帳號｜19914152 瑞蘭國際有限公司
瑞蘭國際網路書城｜www.genki-japan.com.tw

法律顧問｜海灣國際法律事務所 呂錦峯律師

總經銷｜聯合發行股份有限公司・電話｜(02)2917-8022、2917-8042
傳真｜(02)2915-6275、2915-7212・印刷｜科億印刷股份有限公司
出版日期｜2023年07月初版1刷・定價｜380元・ISBN｜978-626-7274-40-8

本書採用環保大豆油墨印製